Henning Schramm

Flammenbilder

Für Tanja!
Viel Spaß beim
Lesen!

12.4.2018

Henning Schramm

Flammenbilder

Roman

MORLANT VERLAG

Bibliographische Informationen der Deutschen Bibliothek:
Die Deutsche Bibliothek verzeichnet diese Publikation in der Deutschen Nationalbibliographie; detaillierte bibliographische Daten sind im Internet über http://dnb.ddb.de abrufbar.

Biengartenweg 1a
D-61194 Niddatal
E-Mail: info@morlant-verlag.de
Internet: www.morlant-verlag.de

1. Auflage, Niddatal, Januar 2018

Printed in Germany
ISBN 978-3-947012-02-2

Dieses Buch widme ich all denen,
die für mehr
Menschlichkeit, Respekt und Demokratie
streiten.

Ich glaube an den Menschen
Den Schöpfer der Kunst
Und Entdecker unbekannter Welten.
Ich glaube an die Evolution
Des Wissens und des Mitgefühls
Der Weisheit und des Humors.
Ich glaube an den Sieg
Der Wahrheit über die Lüge
Der Erkenntnis über die Unwissenheit
Der Phantasie über die Engstirnigkeit
Und des Mitleids über die Gewalt.

Michael Schmidt-Salomon

Kapitel 1

Amos Alabi bewegte sich ohne allürenhaftes Gebaren in der Schar seiner Gäste. Lächelnd, gesprächsbereit, mit selbstbewusster Höflichkeit. Sine Kühn beobachtete ihn und fragte sich, ob in dunklen Jahren wie diesen ein Mann, in dem sich entgrenzende Ausdruckskraft und bedingungsloser Glaube an sich selbst mit ungezügelter Schöpferkraft verband, in einer Welt, in der sich geschlossene Weltbilder, Selbstverleugnung und nationalistischer Dogmatismus zu etablieren begannen, nicht früher oder später Zielscheibe von Hass und Gewalt werden würde.

Einem ersten Impuls folgend würde Sine am liebsten zu ihm gehen und ihn beschützend in ihre Arme nehmen. Aber sie wusste, dass er dies missbilligen würde. Er würde zu ihr sagen, dass ihre Angst unbegründet sei, dass er sich zu verteidigen wisse und die dumpfen Eiferer mit ihren angstbesetzten Überzeugungen und schlichten Gewissheiten ihm keine schlaflosen Nächte bereiten würden. Sie ließ von ihrem Vorhaben ab und zwang sich an etwas anderes zu denken. Sie lenkte ihre Aufmerksamkeit auf die Männer und Frauen, die durch die Galerie Okonkwo 291 schlenderten.

Die Gesichter drückten überwiegend wohlwollendes Interesse aus. Amos Alabi war es gelungen, mit seinen Bildern dem Chaos der Realität eine Form der Anschauung zu geben, die sich nicht vereinnahmen ließ, sondern sich dem Besucher entgegenstellte, ihn auf sich selbst zurückwarf und weniger Antworten gab als neue Fragen aufwarf. Die Spannweite seines künstlerischen Schaffens, die in der Ausstellung dokumentiert wurde, öffnete sich dem Anmutigen, dem Wahren und dem Diabolischen: Poetisch-sinnliche weibliche Aktaufnahmen und Porträts streuten sich wie kleine Inseln der Schönheit zwischen die dokumentarischen Bilder von brennenden Asylunterkünfte und sardonische, von Lichtreflexen fragmentierte Gesichter des Mobs, der die lodernden Flammen bejubelte.

So war die Welt, dachte Sine, als sie mit einem Glas Champagner in der Hand von Bild zu Bild gegangen war. Glücksgefühle und gallige Empfindungen, die die Brust einschnürten, hatten sie hin- und hergeworfen. Hässliches und Erhabenes, Gnadenloses und Verlockendes prallten aufeinander. Die mit Ethik aufgeladene Ästhetik, die sich jeder konsumtiven Betrachtungsweise entzog, hatte Sine in ihren Bann gezogen gehabt. Und es schien so, dass auch eine große Zahl der Besucher und insbesondere Besucherinnen, deren Anwesenheit zum Teil der Bekanntheit des Künstlers als plastischer Chirurg geschuldet war, so fühlte. Sie bewegten sich nahezu geräuschlos auf dem Parkett. Das auf Vernissagen oftmals taktlose Gelächter und wichtigtuerische, gierige Stimmengewirr fehlte. Die Betroffenheit, die die Anwesenden stumm machte oder zumindest kleinlaut, war körperlich spürbar. Beim Anblick von Amos‘ ungeschönten, ehrlichen Flammenbildern hatte man, beschrieb später ein Zeitungskritiker seine Empfindungen, ähnlich wie bei Lee Millers Nachkriegsfotos über die Naziverbrechen, das Gefühl unmittelbar in Satans Werkstatt zu schauen. In einer kühnen, surreal anmutenden Bildsprache trafen bei Amos Alabi, so ein anderer Kunstkritiker, die Verlockungen und die Magie des Weiblichen, verbildlicht in den weichen, mitreißenden Porträt- und Aktaufnahmen, auf die orgiastischen Fratzen einer enthemmten Männerwelt.

Sine nippte an ihrem Glas und prostete Amos zu, der sich mit seinen Gästen unterhielt. Er blickte kurz zu ihr und warf ihr einen Handkuss zu. Und sie fragte sich jetzt, wie schon damals, als sie ihn kennengelernt hatte, womit er die tiefen Empfindungen hervorrief, die von ihr Besitz ergriffen, sobald er sie ansah und seine Aufmerksamkeit auf sie richtete. Waren es seine strahlenden, weltoffenen Augen? Seine schönen Hände? Seine beeindruckende Körpergröße und Physis, die nicht einschüchterte, sondern Schutz verhieß? Seine Intelligenz, die nicht triumphierte? Seine einnehmende Stimme, die, über was er auch gerade sprach, die richtige Tonlage fand?

Es war eine Zufallsbekanntschaft gewesen – damals, vor etwa einem dreiviertel Jahr.

Als Sine auf dem Weg ins Kino an einem kalten Dezemberabend durch die Braubachstraße schlenderte, war sie vor dieser Galerie von einer fremden Frau angesprochen worden, die sie fragte, ob sie nicht Lust hätte, eine Ausstellung zu besuchen. Es sei jetzt die letzte Möglichkeit, die wunderbaren Bilder eines großen Künstlers auf einer Finissage kennenzulernen. Sie selbst sei leider kurzfristig verhindert. Sie drückte ihr die Eintrittskarte in die Hand, lächelte ihr aufmunternd zu und verschwand in Richtung Paulsplatz.

Sine hatte unschlüssig die Einladung, auf deren Vorderseite ein Porträt des Künstlers zu sehen war, in ihrer Hand gehalten. Warum nicht? Ein interessanter Typ. Sie hatte sich einen Ruck gegeben und die in gleisendes Licht getauchte Galerie betreten.

Amos Alabi war auf sie zugegangen und hatte sie zunächst, wie jeden neuen Gast, willkommen geheißen. Aber plötzlich stutzte er. Sie erinnerte sich, wie er nachdenklich ihr Gesicht betrachtete und seine Augen, wie beiläufig, über ihren Körper streiften. Irgendjemand rief seinen Namen und er wandte sich von ihr ab. Sekunden später jedoch drehte er sich mit einer heftigen Bewegung wieder um und starrte sie an. Sine fühlte sich, als ob sie bei einem Ladendiebstahl ertappt worden sei. Sie versuchte, sich dem durchdringenden Blick zu entziehen. Nur Augenblicke später hellte sich Amos' Miene plötzlich auf und er strahlte sie an.

Sine erinnerte sich, dass sie damals äußerst verwundert war über diese unerwartete Veränderung in seinem Gesicht, auf die sie sich keinen Reim machen konnte.

Heute kannte sie den Grund für sein damaliges seltsames Verhalten.

Vier Monate vor diesem Zusammentreffen in den Räumen der Galerie Okonkwo 291 war Amos mit seinem damaligen Freund André Janssen in einem noblen Sternerestaurant. André hatte Geburtstag. Amos hatte ihn zu diesem Anlass zum Abendessen eingeladen. Sie bestellten ein mehrgängiges, exquisites Menu. Als sie sich gerade die Vorspeise, eine köstliche Jakobsmuschel mit geschmorter Sellerie und Gemüsejus, auf der Zunge zergehen ließen, kamen zwei junge Frauen mit wallenden Haaren und flatternden Kleidern in den für seine stolzen Preise bekannten Gourmettempel. Unbeeindruckt von der geldschweren Gediegenheit des Restaurants waren sie wie zwei junge Wildpferde hereingestürmt. Die beiden Freunde sprachen weiter über alles Mögliche, aber Amos war seit deren Auftreten unkonzentriert. Während er mit dem Verzehr des knusprigen Steinbutts auf Pak Choi mit rotem Curry beschäftigt war, beobachtete er die beiden Schönheiten immer wieder verstohlen aus den Augenwinkeln. Die eine war strohblond. Die andere hatte eine tizianrote, lockige Haarmähne und auffallend große, tiefschwarze Augen, die, wie sein durch die Kamera geschulter Blick sogleich registrierte, eigentlich nicht zu der naturroten Haarpracht und ihrem hellen Teint passten.

Amos unterbrach seinen Freund in seinem Redeschwall und stupste ihn an.

»Sieh dir mal den Rotschopf an, der vorhin hier aufgetaucht ist. Wäre es nicht ein Traum, ihn vor die Linse zu bekommen? Eine ungewöhnliche Frau! Bildwirksam, überraschend, fesselnd.«

Ein wenig später hatte sich André dezent nach der von Amos als ungewöhnlich beschriebenen Frau, die in seinem Rücken saß, umgedreht. Er hatte seinen Freund, als er sich ihm wieder zugewendet hatte, angegrinst und gesagt: »Ich stimme dir zu, eine außergewöhnliche Frau. Du kannst sie gerne fotografieren, ich werde sie dann ausführen. Geh doch hin und frag‘ sie, ob du ein Shooting mit ihr machen könntest.«

Amos war zu zögerlich, damals.

»Lass uns erst in Ruhe zu Ende essen, dann werde ich weitersehen.«

Nachdem Amos das köstliche Mandelsablé mit Zitrone Mascarpone und Meringue genossen hatte, ging er auf die Toilette. Er betrachtet sich im Spiegel. Er kämpfte mit sich. War es nicht schrecklich unhöflich und ebenso ungehörig, in einem Restaurant fremde Frauen anzusprechen? Nach langem Zögern jedoch hatte er sich entschlossen, dem Rat seines Freundes Folge zu leisten.

Es war zu spät.

Als er in das Restaurant zurückkam, hatte sich seine fotogene Traumfrau mitsamt der Begleiterin in ein Nichts aufgelöst. Er hatte den Kellner, den er gut kannte, gefragt, ob er wüsste, wer die beiden jungen Damen waren, die gerade bezahlt hätten. Er verneinte. Sie seien zum ersten Mal hier gewesen.

Diese erste flüchtige Begegnung mit Sine im Restaurant geisterte lange wie eine Chimäre in seinem Kopf herum, aber mit der Zeit hatte Amos die Hoffnung aufgegeben, die Schöne mit den roten Haaren jemals wieder zu treffen, und ihre Konturen verblassten.

Doch dann tauchte anlässlich der Finissage plötzlich die Frau, die ihn damals so gefesselt hatte, wieder in seiner Galerie auf. Diese sich neu bietende Gelegenheit, sie kennenlernen und fotografieren zu können, wollte er am Schopf fassen. Er zauberte sein charmantestes Lächeln, das er zur Verfügung hatte, in sein Gesicht, gab ihr ein zweites Mal die Hand zur Begrüßung und sagte geradeheraus: »Sie sind alles, was eine Frau sein kann. Darf ich ein paar Aufnahmen von Ihnen machen?«

Das hatte gesessen, erinnerte sich Sine heute und verzog den Mund zu einem Lächeln. Der Satz war schnörkellos, unverblümt, ein wenig frech. Aber die Art, wie er es sagte, entbehrte jeder Anzüglichkeit. Ein schöneres Kompliment hätte er ihr nicht machen können. Sine hatte Amos sprachlos angesehen. Eine leichte Röte hatte sich auf ihre Gesichtszüge gelegt. Sie hatte verlegen gelächelt und verzweifelt nach einer schlagfertigen Antwort gesucht.

Gesagt aber hatte sie nur zwei Worte: »Sie dürfen.«

Am Vortag des vereinbarten Fotoshootings, deren Ergebnisse unter anderem in der gegenwärtigen Ausstellung zu sehen waren, war Sine Kühn beim Frisör und schlenderte anschließend stundenlang durch die Läden der Innenstadt, um etwas Passendes für diesen Anlass zu finden. Vollbeladen mit Einkaufstüten kam sie zu Hause an, unterzog alles nochmals einem prüfenden Blick und entschied sich schließlich für die alten, einfachen Bluejeans und eine mamba-grüne Bluse, die als Kontrast gut mit ihrer Haarfarbe harmonierte.

Auf Höhe des Eisernen Stegs verdunkelte sich plötzlich der Himmel. Sie lief hastig über den Römerberg, aber als sie in die Braubachstraße einbog, wurde sie von einem heftigen Regenguss überrascht und von der teuren, kunstvollen Frisur war nichts mehr zu sehen.

Scheiße, dachte sie, alle Mühe umsonst.

Als sie vor Amos stand, lachte er sie an. Sie versuchte so schnell wie möglich auf die Toilette zu entwischen, um zu retten, was kaum noch zu retten war, aber er hielt sie sanft am Arm zurück und streifte ihr eine nasse Strähne aus dem Gesicht. Sie zuckte zusammen und war auf einmal wie gelähmt. Bleib so, du siehst toll aus, hörte sie ihn sagen.

Amos sah das Unverfälschte. Er sah das natürlich Eigentümliche. Als er ihre zerzausten Haare für das Shooting vorbereitete, schien sie ihm geistesabwesend. Sie beobachtete ihn, ohne dass sie zu registrieren schien, was sie sah. Wenn er sie aufforderte, den Kopf zu drehen oder den Körper in eine andere Position zu bringen, befolgte sie lächelnd seine Anordnungen. Wortlos, offen, weich, anschmiegsam. Sie lag wehrlos vor ihm, wie eine Schlange kurz vor der Häutung.

Ich hätte Zotteln wie ein Orang-Utan-Männchen, das in einen Tropenguss geraten ist, höre ich ihn sagen. Ich spüre seine feingliedrigen Finger durch meine Haare fahren. Er zupft mal rechts, mal links. Seine Augen gleiten über meinen Körper. Er sieht mich prüfend an und dreht meinen Kopf hin und her. Ich betrachte sein konzentriertes Gesicht. Augen, die zwischen melancholischer Sanftmut und starker Willenskraft changieren.

Ich verliere langsam das Gefühl der Meinigkeit und fühle mich nicht mehr in meinem eigenen Körper.

Ich höre seine Stimme, die mich irgendetwas fragt. Ich höre mich sagen: mach mit mir, was du willst. Seelenruhig bearbeitet er meinen Kopf weiter, leuchtet meinen Körper aus, der auf einem mit blutroter Bettwäsche bezogenem Bett liegt, und stößt irgendwelche unverständlichen Grunzlaute aus.

Er entfernt sich zwei Meter von mir und betrachtet mich. Taxierend? Abwägend?

Mir wird heiß. Ich schließe meine Augen und glaube zu spüren, wie seine Blicke meinen Körper abtasten, den ich nicht mehr kontrollieren kann. Ich fühle, wie es tief in meinem Bauch zieht und spannt.

Ich bemerke die warme Feuchtigkeit zwischen meinen Beinen. Wahrscheinlich bin ich puterrot angelaufen. Ich höre ihn murmeln, dass er wüsste, was er mit mir machen werde, und es klingt mir, als ob er gesagt hätte: ich werde dich jetzt ficken.

Ich nicke mit dem Kopf.

Du wirst danach eine Andere sein. Du wirst dich anders sehen, ein bisschen so, wie ich dich sehe. Du wirst anders über dich denken und Facetten an dir entdecken, die dir vorher unbekannt waren, sagt er. Sein Fotoapparat klickt fortwährend und ich hänge wortlos an seinen Lippen und nicke linkisch zu allem, was so betäubend, so berauschend in mein Ohr dringt.

Die Kamera sieht etwas, was du selbst nicht siehst. Du musst sehen lernen, die Dinge und dich selbst genau beobachten. Die Art, wie du etwas betrachtest, erschafft erst das, was du siehst. Etwas genau betrachten bedeutet, neue Zusammenhänge zu entdecken, neue Vorstellungen von der Person oder dem Ding zu entwickeln.

Seine Worte fallen auf fruchtbaren Boden. Das ist es, was ich suche. Ich vergesse meine anfängliche Empörung über den völlig aus der Luft gegriffenen Vergleich mit einem Affen – einem dazuhin überaus hässlichen Tier und, als ob das nicht gereicht hätte, auch noch männlich.

Er hat mich im wahrsten Sinn des Wortes übermannt. Er ist kraftvoll, energisch, grausam verführerisch. Er hat alles Weibliche in mir nach außen gestülpt. Er hat mich entblößt, meine Sexualität augenfällig und fassbar gemacht. Er ist in mich eingedrungen und hat Besitz von mir ergriffen. Nicht im physischen Sinn. Er ist in meine Seele eingefallen, er hat meinen Kopf okkupiert. Ich bin wehrlos, ihm unterworfen – und erregt und berauscht und aufgewühlt.

Es war Liebe. Vom ersten Augenblick an.

Es war eine Explosion der Sinne. Nein, es waren unzählige, immerwährende aneinandergereihte Sinnenräusche. Diese Empfindungen waren von jetzt an für immer mit Sines Existenz verwoben und, sollten sie verlöschen, würde ihr Leben seinen Sinn verlieren.

Es waren in den folgenden Monaten Gespräche. Gespräche über Literatur, Kunst, Schönheit. Über sie, über ihn, über das, was sie verband.

Es war ein sich Bücher Vorlesen, darin Versinken, darüber reden.

Es war gegenseitiges Applaudieren und Respektieren.

Er schwärmte von ihrer entwaffnenden Anmut, von ihrer passiven, beschaulichen, fast kontemplativen Schönheit. Er bewunderte ihren zarten, schlanken und auf eigenartig sanfte Weise leidenschaftlichen Körper, als wäre er ein ihm anvertrauter Schatz, und er begriff mit endgültiger Gewissheit, dass er nie zuvor mit einem anderen Menschen wirklich voller Hingabe vertraut gewesen war.

Sie beeindruckte neben seiner attraktiven und stimulierenden Männlichkeit die Wertschätzung, die er sich mit seiner Fotokunst bei den Kunstinteressierten und mit seiner Kompetenz als Leiter einer Privatklinik für ästhetisch-plastische Chirurgie bei vielen Kollegen, aber auch Frauen der Stadt, erarbeitet hatte.

Er war ein Meter neunzig groß. Lebensprall. Von willensstark-maskulinem Reiz. Ein Extremist, in dem sich die Magie einer archaischen Männlichkeit mit nachsichtiger Wärme vereinten. Er war witzig, klug und von einer Subtilität, die oft nicht einmal von den sich so intellektuell inszenierenden Rezensenten und Besuchern seiner Ausstellungen richtig durchschaut werden konnte. Er, der Verführer, hatte gelernt zu hören und zu sehen, weil er überzeugt war, dass dies die erste Regel jedweder Verführungskunst sei. Er schenkte Sine seine uneingeschränkte Aufmerksamkeit und zeigte unvoreingenommen und mit jugendlich anmutender Arglosigkeit Interesse an ihr.

Sie war eins achtundsechzig. Die Augen dunkel, groß und weit, mit schön geschwungene Brauen. Kupferrot schimmernde Locken. Weiche, fließende Figur. Sie wusste, dass er sich ihr immer wieder ein stückweit entziehen, dass er ihr nie ganz gehören würde. Aber ihre Liebe zu ihm war kein Kuchen, der weniger wurde, wenn man ihn teilte.

Sie war zweiunddreißig, er vierzig. Sie hatte bisher nahezu unsichtbar im fahlen Licht des Mondes existiert, der poetisch über ihr schwebte. Er lebte dagegen in neongrelles Licht getaucht in seiner bedeutungsvollen Zufriedenheit im Scheinwerferlicht des Erfolgs.

Amos war klug, ungezwungen und charmant. Hinter seiner augenfälligen Besonnenheit und Zurückhaltung verbargen sich Esprit, Heiterkeit, Verspieltheit und Wärme. Er hatte auf diese Weise eine Sogwirkung auf die Menschen, mit denen er in Berührung kam, der sich kaum jemand entziehen konnte. Amos schaffte Mysterien um sich herum, die auch seine Fotoarbeiten ausstrahlten. Er vermochte es, seinen Bildern eine magische Aura zu verleihen. Die Kunst verzauberte sein Leben und er die Kunst. Seine Kunst weckte Begehren, das befriedigt werden wollte. Sie erzeugte beim Betrachter ein Verlangen, sie sich einzuverleiben. Was er sah und was er zu begreifen glaubte, entzog sich aber immer wieder der Inbesitznahme.

Neun Monaten waren seither vergangen. Sie hatten die Zeit genutzt. Sine spürte, dass Liebe nicht der Endpunkt von Etwas war, dem sie ausgeliefert war, sondern der Beginn eines Prozesses, durch den der Mensch in die Lage versetzt wird, den anderen, wie auch sich selbst, kennenzulernen.

Tag für Tag, Woche für Woche fielen Schutzhüllen. Sie hatten Berührungspunkte gehütet, ihre Zuneigung konserviert, das Verlangen immer wieder neu entfacht und das gegenseitige Vertrauen gestärkt, bis sie ungeschützt und offen vor ihm stehen konnte.

Sine prostete Amos ein zweites Mal zu und trank ihr Glas Champagner aus. Sie lachte ihn, befreit von düsteren Gedanken, an. Sie betrachtete ein dramaturgisches Gesamtkunstwerk, bei dem alles harmonisch ineinandergriff: Körperausdruck, Bewegungsapparat und Sprache. Seine Kunst. Sein Beruf. Seine Herkunft. Sie war stolz auf ihn und auch ein wenig auf sich, dass sie in ihm solch starke, intensive Gefühle entfachen und ihn fest an sich binden konnte.

Kapitel 2

Nachdem in der Presse ein kurzer Lebenslauf, eine kleine Auswahl der Ausstellungsbilder und ein Bild, das ihn mit Sine zeigte, veröffentlicht wurde, fand Amos Alabi das erste Schreiben in seinem Briefkasten. Danach brachte der Briefträger fast täglich neue Schmähschriften. Aber nicht alle Briefe wurden ihm mit offizieller Post zugeschickt, einige Absender hatten sich unverkennbar auch die Mühe gemacht, den Auswurf ihrer Gedanken persönlich vor seiner Haustür abzuladen.

Amos war beunruhigt und er war bedrückt über die Einfalt und Borniertheit der Menschen, die ihre Köpfe mit solchem Unrat vollgestopft hatten und unter die Menschheit zu bringen versuchten.

Der Tenor der Schmähschriften war immer gleich: »*Lass die Finger von deutschen, christlichen Frauen! Wenn dich unverschleierte Frauen aufgeilen, geh zurück nach Nigeria und ficke afrikanische Weiber!*« Oder: »*Nigger raus aus Deutschland! Wir erinnern dich gerne an den Flammentod des Asylbewerbers Oury Jalloh aus Sierra Leone in einer Dessauer Polizeizelle. Du siehst, unser Arm reicht weit!*«

Oder: »*Wir werden euch Afrikaner zwingen eure Reproduktionsrate zu senken. Die Länder Afrikas brauchen die deutsche Grenze, sie brauchen die europäische Grenze, damit sie endlich zu einer ökologisch nachhaltigen Bevölkerungspolitik gezwungen werden.*«

Er war lange unentschlossen, wie er die Briefe einordnen und wie er mit diesem Schund umgehen sollte. Zunächst hatte er sie nur gesammelt, in seinen Schreibtisch verbannt und sich selbst Stillschweigen auferlegt.

Eine Grenze wurde überschritten, als in seine Galerie eingebrochen worden war und Unbekannte Hakenkreuze an die Wände geschmiert hatten. Er erstattete Anzeige und übergab der Polizei zusammen mit allen bisherigen Briefen das wirre Schreiben, das der oder die Täter in der Braubachstraße zurückgelassen hatten:

»*Ein Neger wird nie Deutscher werden können, weil die Verleihung bedruckten Papiers (des BRD-Passes) nicht die biologischen Erbanlagen verändert. Angehörige anderer Rassen bleiben deshalb körperlich, geistig und seelisch immer Fremdkörper. Und es wird höchste Zeit, die populationsökologische Brille aufzuziehen. Der Bevölkerungsüberschuss Afrikas beträgt etwa dreißig Millionen Menschen pro Jahr. Sollen wir die alle aufnehmen? Nein, wir werden das zu verhindern wissen. Die Evolution hat in Afrika und*

Europa zwei unterschiedliche Reproduktionsstrategien hervorgebracht: die ‚r- Strategie', die in Afrika vorherrscht und die ‚k-Strategie', die in Deutschland praktiziert wird. Erst wenn sich Deutschland den Afrikanern, die Nachkommen wie Blattläuse produzieren, verweigert, wird sich das Reproduktionsverhalten der Afrikaner ändern. Jeder weiß, wie man in Deutschland mit Ungeziefer umgeht!

Deutschland Steht Auf/Braune Armee Fraktion! (DSA/BAF)«

Amos hatte von den genannten Strategien noch nie etwas gehört und sich in einem Lexikon kundig gemacht. Dort war zu lesen:

›In der Ökologie unterscheidet man prinzipiell zwischen zwei in der Natur vorkommenden Fortpflanzungsstrategien. Die sogenannte r-Strategie zeichnet sich durch eine hohe Reproduktionsrate aus. Als Beispiele für eine solche Fortpflanzungsstrategie sind Insekten, Fische, Bakterien, Parasiten zu nennen. Die weiblichen Tiere sorgen zu Lasten der Brutpflege für möglichst viele Nachkommen, die sich selbst überlassen werden, in der Hoffnung, dass einige davon bis zur Fortpflanzungsreife überleben. Im Gegensatz dazu sprechen Biologen bei Säugetieren, insbesondere bei Menschen, von der ‚k-Strategie', bei der wenige Jungen zur Welt gebracht werden, um die sich die Eltern dann aber intensiv kümmern.‹

Der Hass, der aus den Parolen sprach, erinnerte ihn schmerzhaft an die Katastrophe, der die Familie seiner Mutter zum Opfer gefallen war. Und Amos dachte auch daran, dass Kinder eine wichtige soziale Funktion in Afrika erfüllen. Kinderreichtum war mehr als eine Sozialversicherung, sie war für viele überlebensnotwendig. Es war noch nicht lange her, als das auch noch für Europa galt und Familien mit sieben, acht Kindern, von denen dann nur vier bis fünf überlebten, zur bitteren Realität gehörten.

Alabi war stolz auf seine afrikanische Herkunft und seinen nigerianischen Pass, den er neben seinem deutschen besaß. Es stärkte sein Selbstbewusstsein, die europäischen Gene seiner Mutter und die afrikanischen seines Vaters in sich vereint zu wissen. Er nahm sich seinen Urgroßvater und Großvater zum Vorbild, seinen Vater zum Lehrmeister.

Die Reise, die er als Fünfzehnjähriger mit seinen Eltern nach Lagos unternommen hatte, um seinen Großvater Ibe zu besuchen, der seinen siebzigsten Geburtstag gefeiert hat, war ihm so gegenwärtig, als ob es gestern gewesen wäre. Sein Vater, Maduka Alabi, war ein Jahr zuvor als erster Legationsrat in die nigerianische Botschaft nach Berlin versetzt worden. Die Arbeit dort hatte ihn verschlungen, so dass es ihm unmöglich gewesen war, seinen eigenen Vater während seines ersten Berliner Jahres zu besuchen. Umso wichtiger war es ihm deswegen, nun diesen wichtigen runden Geburtstagstermin wahrnehmen zu können.

Ibe lebte am Rande von Lagos in einem schönen, geräumigen, einstöckigen Haus mit Garten, an den sich ein kleiner zum Haus gehörender Palmenhain anschloss. In alter Tradition stellte er selbst aus dem Saft seiner Palmen einen wohlschmeckenden Palmwein her, den er zu besonderen Anlässen zu kredenzen pflegte. Auch jetzt an seinem Ehrentag bot er ihn seinen Geburtstagsgästen an.

Quirlige Lebendigkeit, Musik und Gesprächsfetzen drangen aus dem mit Verwandtschaft und Freunden vollem Haus. Ibe saß mit Amos auf einer Bank unter den hohen Palmen, etwas abseits vom Lärm der großen Gästeschar und erzählte ihm mit seiner leisen, klangvollen Stimme vom früheren Leben in seinem Klan, von seinem eigenen wie auch dem von Amos‘ Vater.

»Okonkwo, dein Urgroßvater, lebte damals Ende des neunzehnten Jahrhunderts mit seinem Klan in der Gegend des Zusammenflusses von Niger und Benue«, begann er seine Erzählung. »Er hatte es am Anfang schwer in seinem Dorf, denn er hatte, anders als die meisten jungen Männer seines Klans, nichts geerbt. Er musste sich alles selbst erarbeiten. Sein Vater sagte einmal zu ihm, als sie gemeinsam am Feuer saßen: ›Ich weiß, dass du nicht scheitern wirst. Du bist kräftig und besitzt ein stolzes und mannhaftes Herz. Mein Sohn, du wirst mir Ehre machen und später einmal erhobenen Hauptes in den Versammlungen des Klans sitzen.‹

Okonkwo arbeitete hart, wie sein Vater es von ihm erwartet hatte. Er rodete den Wald mit der Axt und setzte Yams in die fruchtbare Erde. Du musst wissen, Amos, dass der Besitz von Yams in seinem Klan als Inbegriff von Männlichkeit galt. Wer seine Familie von Ernte zu Ernte mit dieser Frucht, die auch heute noch ein wichtiges Grundnahrungsmittel Nigerias ist, ernähren konnte, war ein geachteter, großer Mann. Okonkwo schaffte es zu einem wohlhabenden Mitglied seines Klans mit drei Speichern voll mit Yams, vier Frauen und drei Titeln. Der vierte, der höchste Titel, blieb ihm unerreichbar. Nur ein oder zwei Männer einer Generation erlangten diesen höchsten Titel, der mit der Herrschaft des Landes verbunden war.

Als ich fünfundzwanzig wurde, war es an der Zeit zu heiraten. Akueke, meine spätere Frau, war mit sechzehn im heiratsfähigen Alter. Nachdem sie mit einer Schale Mbongo Pfeffer und Kolanüssen die Hütte betreten hatte, gab sie schüchtern und scheu ihrem Freier, also mir, und meinem Vater die Hand. Ihr junger Körper wurde mit Kennerblick von mir und meinen Verwandten begutachtet. Wir wollten uns ihrer Reife und Gesundheit versichern.

Man hatte ihr Camalholz in die Haut gerieben. Ihren Hals schmückte eine mehrfach geschlungene Kette mit Kaurischnecken, die knapp über ihren kindlichen Brüsten endete. Ihre Arme zierten bunte Reifen.

Die Männer beider Familien saßen zusammen, aßen Fufu und tranken den Palmwein, den ich mitgebracht hatte, und verhandelten über den Brautpreis, bis sie sich in den Morgenstunden auf zwanzig Sack Kaurischnecken einigten.

Ich verließ später meinen Klan und zog mit meiner Frau nach Lagos. Kurz bevor Maduka, dein Vater, geboren wurde, konvertierten meine Frau Akueke und auch ich zum Christentum. Ich wurde erfolgreicher Geschäftsmann und hatte gute Beziehungen zur neuen Nigerianischen Regierung, die, wie du sicherlich weißt, seit dem 1. Oktober 1960 das Land regierte.

Deinen Vater Maduka zog es in die Welt. Er ging, als er dreißig Jahre alt war, in den diplomatischen Dienst seines Landes. Im selben Jahr heiratete er in Lagos Nana Tellerkamp, eine sehr begabte Malerin und Tochter des deutschen Generalkonsuls in Lagos. Noch im selben Jahr, es war 1976, wurdest du geboren, in eine Zeit, in der für die Familie Alabi die für viele Diplomatenfamilien leider übliche Wanderung von Staat zu Staat begann. Dies hat dein Leben sicher einschlägig geprägt. Es war bestimmt nicht immer einfach für dich, aber deine Eltern haben stets alles getan, dir Heimat zu sein und die Rastlosigkeit, die mit dem häufigen Wohnortwechsel verbunden war, zu mildern. Aber versuche auch das Positive eines solchen Nomadenlebens zu sehen: Willst du die Welt verstehen und Zusammenhänge erkennen, darfst du nicht an einer Stelle stehen bleiben. Die Nomaden hier in Afrika galten immer schon als welterfahrene Menschen. Das galt dann natürlich in noch viel größerem Umfang für diejenigen, die die Möglichkeit hatten, in Länder und Kontinente außerhalb ihres engeren Lebensraums zu reisen. Aber bei all den neuen Erfahrungen: das Wichtigste war, nicht zu vergessen, woher man kam. Das rate ich auch dir. Achte stets deine Familie. Du kannst wahrlich sehr stolz auf deine Eltern sein. Dein Vater hat viel für sein Land geleistet und deine Mutter, eine herzensgute und intelligente Frau, hat ihm dafür den Rücken freigehalten. Trotz des großen Unglücks ... «

Hier stockte der Gesprächsfluss des Großvaters und Amos bohrte nach, hoffte zu erfahren, was damals geschehen war. Er hatte oft gespürt, dass seine Eltern etwas vor ihm verbargen. Der Schmerz war aber so groß, dass er ihnen den Mund verschloss. Ibe sagte ihm, dass, wenn sein Vater nicht darüber reden würde, wolle er es auch nicht tun. Amos flehte ihn an, ihn aufzuklären, aber er blieb schweigsam.

Etwas später setzte sich Akueke, seine Großmutter, zu ihrem Enkel. Sie war gesprächiger und enthüllte ihm mit Tränen in den Augen, dass die Eltern seiner Mutter von nigerianischen Rebellen aus dem islamischen Norden entführt worden seien: »Obwohl dein Vater und auch wir uns hoch verschuldeten und das Lösegeld zahlten, wurden ihre Eltern von den Kidnappern bestialisch ermordet. Deine Mutter hat sich, glaube ich, von dem Schock nie richtig erholt und es seither vermieden, wieder nach Nigeria zu reisen ... bis heute. Deswegen ist dein Großvater auch überglücklich, seine Schwiegertochter, die er sehr in sein Herz geschlossen hatte, zu seinem Geburtstag nochmals sehen zu können. Lange wird er nicht mehr leben. Er hat Krebs.«

Akueke nahm die Hand ihres Enkels in die ihre und bat ihn, sie nicht zu verraten. Es war ein Familiengeheimnis, über das nicht gesprochen wurde, so als schäme sich die Familie der Barbarei, die von Schwarzen gegenüber Weißen verübt worden war.

Amos achtete die Bitte seiner Großmutter und musste mit diesem Wissen alleine leben. Und es versetzte ihm jedes Mal Stiche ins Herz, wenn er sah, wie die Augen seiner Mutter feucht wurden, wenn sie in alten Familienalben blätterte, wo die Vergangenheit auflebte.

Als Amos als vierzehnjähriger Junge nach Berlin kam, eröffnete sich ihm ein neuer Kosmos. Es war sein erster Aufenthalt in der Welt der Weißen und es fiel ihm anfangs schwer, sich in ihr zurecht zu finden.

Er spürte die Blicke der Menschen, die forschend auf ihn gerichtet waren und ihn als Fremdkörper zu identifizieren schienen. Doch waren sie in diesen Anfangsjahren in Berlin noch überwiegend wohlwollend. Er war der niedliche, hübsche junge Bengel, ein halbes Kind noch, das man nicht ernst nehmen musste. Das änderte sich, als Amos zu einem eloquenten, gutaussehenden und sportlichen jungen Mann heranwuchs, für den die Mädchen schwärmten. Bei einigen Gleichaltrigen schlug die unwillkommene Konkurrenz zuweilen in einen versteckten, diffusen Rassismus um. Amos war nicht nur von attraktivem Äußeren, sondern strahlte Sicherheit und Selbstbewusstsein aus, das den einen Respekt einflößte, von anderen jedoch als Arroganz interpretiert wurde und als willkommener Vorwand diente, die angstbesetzten Ressentiments gegen Fremde zu nähren.

Zum Abitur hatte ihm sein Vater einen Herzenswunsch erfüllt. Er hatte ihm eine teure Kamera geschenkt, mit der er jetzt endlich das Stadium der

Hobbyfotografie hinter sich lassen konnte. Er belegte einen Kurs für Fotografie, streunte mit Begeisterung durch Berlin und suchte sich seine Motive. Auf der Straße, in Kneipen, bei Tag und bei Nacht. Die Freiheit zu tun und zu lassen, was er wollte, währte ein knappes Jahr, als sein Vater ihn ermahnte, sich Gedanken über seine Zukunft zu machen. Die allgemeine Neugier auf Menschen, ihren Charakter, ihre Ausstrahlung, ihren Körper, die er für sich in der Fotografie entdeckt hatte und mit ihr befriedigte, wollte er gerne zu seinem Beruf machen. Bei seinem Vater löste das erbitterten Widerstand aus. Er schlug ihm ein Medizinstudium vor, mit der nicht sehr stichhaltigen Begründung, dass er dabei seinen auf die Menschen bezogenen Wissensdrang ebenso befriedigen könnte wie mit der Fotografie. Amos beugte sich dem Wunsch seines Vaters. Neben dem Brotberuf Arzt könnte er sich schließlich weiterhin, so dachte er, seiner Leidenschaft für Fotografie widmen. Sein Vater nahm ihn in seine Arme: »Ein ehrenwerter Beruf, der eine Familie ernähren kann und du kannst als Arzt später auch noch etwas für dein Land tun«, sagte er. »Nigeria versinkt in Terror und Gewalt und braucht gut ausgebildete Leute.«

Amos hatte zwar nicht vor nach Nigeria zu zurückzugehen, aber er ließ dessen Anregung unwidersprochen. Vielleicht ergebe sich einmal eine Gelegenheit von Deutschland aus zu helfen, dachte er für sich.

Er ging zum Medizinstudium nach Frankfurt, um seinen eigenen Weg zu finden und dem kontrollierenden Gebaren seines Vaters weniger stark ausgeliefert zu sein. Nachdem er in der Fachrichtung Chirurgie promoviert wurde, machte er seinen Facharzt für plastische Chirurgie. Er hatte in seinem jungen Leben schon viele äußerlich verletzte und entstellte Menschen gesehen, und es war ihm ein inneres Bedürfnis gewesen, diesen Frauen, Männern und Kindern, so weit möglich, ihr natürliches Aussehen und ihre Würde zurückzugeben und so seinen kleinen Beitrag zu einem menschenwürdigen Leben zu leisten.

Nach einigen Jahren an der Universitätsklinik eröffnete er eine eigene Praxis, mit dem Schwerpunkt auf rekonstruktiver Chirurgie. Im Laufe der Zeit verschob sich sein ärztliches Arbeitsgebiet, ohne dass er es forciert hätte, immer mehr in Richtung auf ästhetische Chirurgie. In dem Maße, in dem die medizinisch induzierten zugunsten von rein ästhetisch motivierten Eingriffen zurückgingen, stieg seine Patientenzahl an. Er machte sich schnell einen Namen als kompetenter und taktvoller Arzt, insbesondere bei dem weiblichen Teil seiner Patienten. Sie kamen zu ihm, um sich das Gesicht liften oder die Augenlider korrigieren, um sich die Brüste vergrößern oder verkleinern, sich schönere Nasen modellieren oder sich die Bauchdecke straffen zu lassen. Die Praxis entwickelte sich so gut, dass er bald mehr Personal einstellen musste und sich entschloss, die Praxis in Form einer GmbH mit ihm als alleinigen Gesellschafter weiterzuführen. Er gründete eine Privatklinik unter dem Namen *InLinea GmbH*.

Neben seiner ärztlichen Tätigkeit widmete sich Amos Alabi aber weiterhin in jeder freien Minute, die ihm seine Klinik ließ, mit viel Energie der fotografischen Kunst, die er in einem Fernstudium an einer Kunstakademie professionalisierte. Neben Gesichtsrekonstruktionen und Schönheitschirurgie porträtierte er weiterhin mit Leidenschaft Menschen. Frauen und Männer, Reiche und Arme, Prominente und Obdachlose. In dieser Zeit lernte er auch André Janssen kennen, der sich damals selbst als Aktionskünstler bezeichnete. Sie teilten sich anfangs ein Atelier, das André aber wenig nutzte. Amos richtete sich von den sprudelnden Einnahmen seiner Praxis eine Galerie ein, der er zu Ehren seines Urgroßvaters und der berühmten New Yorker Galerie 291 von Alfred Stieglitz, seinem großen künstlerischen Vorbild, den Namen *Okonkwo 291* gab. Nach einiger Zeit stieg André aus der Ateliergemeinschaft aus, weil er sich mehr und mehr auf Happenings im öffentlichen Raum spezialisierte. Die beiden entwickelten sich künstlerisch auseinander, blieben privat aber in Verbindung, auch wenn die Kontakte von Jahr zu Jahr weniger wurden.

Kapitel 3

Sine Kühn saß an ihrem Schreibtisch, vor sich den Laptop, dem sie anvertraute, was sie dachte und ihr wichtig genug schien, festgehalten zu werden. Sie schüttelte ihre Haare aus dem Gesicht, verschränkte die Hände im Nacken und lehnte sich in ihrem Schreibtischstuhl zurück. Das Handy klingelte.

»Hallo, meine Liebe, wie geht's?«, fragte Amos leichthin.

»Du störst!«, sagte Sine unmutig.

»Warum bist du so abweisend, habe ich etwas falsch gemacht?«

»Ja. Du hast mich gestört!«

»Entschuldige bitte, ich bin kein Hellseher. Warum stellst du das Telefon nicht einfach ab, wenn du deine Ruhe haben willst?«

»Ich hab's vergessen. Ich war beim Grübeln und habe ein wenig geschrieben.«

»Alles klar, dann ruf ich später nochmal an.«

»Jetzt, da du mich schon in die Wirklichkeit zurückgeholt hast, kannst du mir auch gleich sagen, um was es geht.«

»Ich möchte dich heute Abend gerne zum Essen einladen.«

»Hast du einen bestimmten Grund, mich auszuführen? Soweit ich mich erinnern kann, ist heute kein besonderes Datum. Oder doch?«

»Lass uns beim Essen darüber sprechen. Okay?«

»Wenn du es so willst. Holst du mich ab?«

»Ist es dir recht, wenn ich gegen acht komme? Küsschen!«

Bevor sie noch etwas sagen konnte, hatte er aufgelegt.

So ist er, immer ein wenig geheimniskrämerisch. Was soll's, er tut mir gut. Seit ich mit ihm zusammen bin, komme ich etwas zur Ruhe. Die wichtigsten Eckpunkte meines Lebens haben sich wieder an ihren Platz gefügt. Natürlich arbeitet es in den Fugen des neu zusammengesetzten Gebäudes nach wie vor. Aber ich spüre die neue und wohltuende Spannung, die von meinem Leben Besitz ergriffen hat. Die Türen nach Innen sind offen, die Membran ist jetzt nach beiden Seiten durchlässig und auch großporiger geworden. Jeder kann hineingehen und wieder hinaus. Die Suche danach, wie ich leben soll, leben will, hat seine Dringlichkeit verloren. Das Entweder-oder ist zugunsten eines Sowohl-als-auch gewichen. Ich bin Innen und Außen und ich fühle mich wohl in meiner Haut, als Mensch und als Frau. Ich kann mich wieder loslassen und es genießen, wenn ich bei einem Mann

Verlangen erzeuge und durch meinen begehrten Körper Wellen von tiefer Befriedigung fließen.

Sine beobachtete die Möwen, die dicht über der Wasseroberfläche kreischend ihre Flugkünste zeigten. Es war Mitte August und noch immer sehr heiß auf der Terrasse, obwohl die Sonne schon seit geraumer Zeit hinter den Häusern am gegenüberliegenden Flussufer verschwunden war.

Sie erhob sich und ging ins Badezimmer. Sie betrachtete sich im Spiegel, drehte sich hin und her und nickte sich freundlich zu. Sie duschte ausgiebig, rieb danach mit einer duftenden Lotion ihren Körper ein und schlüpfte in den Bademantel. Bis Amos klingeln würde, war noch Zeit. Sie schenkte sich ein Glas Rotwein ein und legte sich auf eine Liege, die auf der weiträumigen Dachterrasse stand.

Sie dachte an die Anfangszeit mit Amos zurück und fragte sich, welche Spuren diese erste Zeit der Liebe in ihr hinterlassen hatte. Welche Gefühle hatten überdauert, welche Sinnesempfindungen hatten an Intensität verloren? Sie schloss die Augen. Als sie sich so ihren Gedanken überließ, erspürte sie in der Rückerinnerung an ihn eine nahezu unverändert starke körperliche Erregung, die sich mit einer schwebenden, beschwingten Leichtigkeit und einem satten Wohlbehagen verband.

Eine Eidechse huschte über ihr Liegebett, blieb auf ihrem Bauch einen Moment unbeweglich stehen und beäugte Sine. Sie frage sich, wie die Eidechse in den fünften Stock kam. Die Echse sprang auf den gefliesten Terrassenboden, blieb stehen, hob leicht den Kopf, schaute Sine nochmals aus sicherer Entfernung an und es sah so aus, als ob ihr Ähnliches durch den Sinn ging: Wie gelangte dieser Riese hier auf die Terrasse?

Plötzlich tauchte ihr Vater vor ihrem inneren Auge auf. Sie erinnerte sich, wie er darauf hinwies, dass die Gehirne aller tierischen Lebewesen, egal ob Eidechse oder Mensch, im Prinzip gleich aufgebaut seien. Seine weisen, graublauen Augen strahlten sie an, als er sagte: ›Alles, was du wahrnimmst, Inneres und außer dir Seiendes, sind nichts anderes als Repräsentationen im weitverzweigten Geflecht deiner Neuronen. Die Welt außer dir ist vom selben Stoff wie die deiner Träume.‹ Und dann hatte er augenzwinkernd hinzugefügt: ›Dein irdisches Sein, Sine, pendelt ständig zwischen Wirklichkeit und Fantasie. Es ist ein Gemenge aus Träumen, Luftschlössern und bewusstem Denken.‹ Seitdem hatte für Sine die Unterscheidung von realen äußeren sowie fantasierten oder erträumten inneren Bildern an Schärfe verloren.

Sie betrachtete die regungslos dastehende Eidechse, lächelte sie an und fragte sich, wie *sie* wohl die Welt wahrnahm. Wie würde ihr Gehirn die im Äther umherschwirrenden Licht- und Schallwellen unterschiedlichster Längen und Amplituden verarbeiten? War sie ebenso wie der Mensch in der Lage, die Welt, die sich uns ohne die phänomenalen Hirnleistungen als eine zweidimensionale, farblose und totenstille Einöde darbieten würde, dreidimensional und in Farbe zu sehen und in Dolby Surround zu hören? Was für eine Welt schuf sie sich?

Was für eine Welt habe ich mir geschaffen? Wie nehme ich die Welt, in die ich hineingeworfen worden bin, wahr? Was hat sie mit mir gemacht?

Sines Gedanken schweiften ab in die Zeit der Pubertät und ihrer Suche nach Lebenssinn. Die Fundamente ihrer Selbstgewissheit standen damals lange Zeit auf tönernen Füßen. Eingeklemmt zwischen ihrer Vergangenheit und der an Verheißungen und Drohungen trächtigen Zukunft rang sie um inneren Halt und hatte große Schwierigkeiten, sich in der täglichen Realität zurechtzufinden. Ihr zwei Jahre jüngerer Bruder war mit sieben Jahren bei einem tragischen Badeunfall ums Leben gekommen. Die Mutter, die ihren Sohn vergöttert und im Gegenzug ihre Tochter sträflich vernachlässigt hatte, erholte sich nie von diesem Verlust. Sie gab Sine insgeheim eine Mitschuld am Tod ihres Bruders und warf ihr vor, ihre Aufsichtspflicht vernachlässigt zu haben. Die Mutter nörgelte seither ständig an ihr herum und war überzeugt, dass sie früher oder später in der Gosse oder Drogenszene landen würde. Dies Verhalten der Mutter blieb nicht ohne Folgen. Im selben Maß wie die Mutter über sie mäkelte, verstärkte sich ihre aufsässige, provozierende Haltung ihr gegenüber. Dieses Gebaren konnte allerdings nur unvollkommen die Not und das Leid unterdrücken, das die ständigen Zurück- und Zurechtweisungen ihrer Mutter in ihr hervorriefen. Sine fühlte sich diesen Belastungen nicht gewachsen und entwickelte starke Selbstzweifel.

Je schlechter das Verhältnis zur Mutter wurde, desto mehr suchte Sine die Nähe zu ihrem Vater. Er war der einzige Mensch, dem sie sich damals vorbehaltlos anzuvertrauen wagte. Er war einfühlend und verständnisvoll. Er gab ihr Stabilität, Richtung und Sicherheit. Und er versuchte, sie in ihrer eigenen schmerzlichen Suche nach Selbstgewissheit und Sinn in ihrem Leben zu stärken und gegen die Unbill der Lebensumstände zu immunisieren, indem er ihr inneres Kräftepotenzial zu mobilisieren trachtete. ›Du bist der einzige Mensch‹, sagte er zu ihr, ›der sich vollständig zu erkennen vermag, dem sich dein Inneres uneingeschränkt und erschöpfend öffnet. Du musst nur genau hinhören, was dein Körper dir sagt und was dein Kopf formuliert und fabuliert.‹

Kurz nachdem Sine dreiundzwanzig Jahre alt geworden war, starb der Vater unerwartet an einer Lungenembolie. Ein dramatisches Ereignis, das sie zutiefst und nachhaltig verstörte. Ihr Körper fühlte sich in dieser Zeit an, als wäre er mit einem Eimer ätzender Flüssigkeit übergossen worden. Er brannte, er glühte. Jede Berührung ließ den Körper vor Schmerz aufschreien. Ihr Vater, ihr großes Vorbild, in dem sich Wahrheit, Güte und Schönheit verschwisterten, war nicht mehr. Er war für sie so etwas wie ein unantastbarer Gottvater gewesen, der ihr durch seinen frühen Tod nicht die Zeit gegeben hatte, ihn zu einem normalen Erwachsenen schrumpfen zu lassen.

Der Vater, der ihr ein unsterblicher Toter blieb, und seine ihr so wichtigen Gedanken lebten in Sine weiter, aber ihren Weg musste sie nun ohne ihn gehen. Die Suche nach sich selbst geriet in der Folgezeit über viele Jahren hinweg zu einem groß angelegten Forschungsprojekt ohne Regeln. Spekulativ und praktisch. Versuch und Irrtum. In ihrem Kopf drehten sich die Gedanken ohne Ziel im Kreis. Wie bei einem Kettenkarussell wirbelten sie durch die Luft, unverbunden und doch aneinander gekettet und gefangen in ihrer kreisförmigen Einsamkeit. Einige sprangen unvermutet ab, andere tauchten wie aus dem Nichts auf, um nach einigen Umdrehungen wieder zu verschwinden.

In dieser Zeit der Experimente drängten sich immer häufiger auch Fragen nach ihrer Rolle als Frau, ihrem sexuellen Empfinden und dem Unterschied im sexuellen Erleben von Mann und Frau in den Vordergrund. Von ihrer Mutter konnte sie, wie schon bei anderen Lebensfragen, auf keine Antworten hoffen. Sie musste sich in erster Linie auf die fragmentarischen Erfahrungen ihre Freundinnen, auf eigenes aktuelles Erleben und die in ihren Gedanken abgespeicherten Weisheiten ihres Vaters stützen. Nie würde sie vergessen, wie er, als sie einmal über Sexualität und Geschlechtsidentität diskutierten, sagte: Das wichtigste Geschlechtsorgan befände sich nicht zwischen den Beinen, sondern zwischen den Ohren. Transsexuelle zum Beispiel besäßen ein tiefes inneres Wissen, zu welchem Geschlecht sie gehörten, unabhängig davon, wie ihre Geschlechtsorgane ausgeprägt wären. Diese Erkenntnis führte die Wissenschaft zu der Annahme, dass anstelle der Genitalien Strukturen und Funktionen des Gehirns für das subjektive und objektive Geschlechtsempfinden ausschlaggebend seien. Die Vorstellung eines *Hirngeschlechts* faszinierte Sine und die Fahndung nach dem Wesenskern der Sexualität und ihres Seins als Frau pendelte seitdem zwischen Hirn und Körper.

Sine hörte das Hupen eines Autos auf der Straße und wurde aus ihrer Gedankenwelt herausgerissen. Als sie wieder in die Wirklichkeit eingetaucht war, ließ sie ihre Augen suchend über die Terrasse schweifen. Ihre Mitbewohnerin, das zartgliedrige, graugrüne Tierchen, war verschwunden.

Kapitel 4

Amos parkte seinen Wagen auf der Uferstraße, hupte und blickte zur Dachterrasse hoch. Manchmal kam Sine an das Geländer in luftiger Höhe und winkte ihm zu. Heute war sie nicht zu sehen.

Wie lange war es her, seit diesem denkwürdigen Tag in seinem Studio? Es kam ihm wie eine Ewigkeit vor, aber sie kannten sich tatsächlich erst seit wenigen Monaten. Es hatte einige Wochen gedauert, bis er richtig verstanden hatte, was damals, als er die Fotos von ihr gemacht hatte, mit ihm geschehen war. Er hatte sich später manches Mal gefragt, ob sein Gedächtnis ihm etwas vorgaukelte. Das Erinnerungsgedächtnis war ja häufig zerfleddert und vermischt mit Fantasien und aktuellen Erfahrungszusammenhängen. Doch das damalige Erleben war kein Traum, kein Hirngespinst. Es war real und unverfälscht in sein Leben eingraviert.

Vor der Haustür blieb er stehen, zögerte zu klingeln. Sein Blick fiel auf das Schildchen mit Sines Namen. Er rief sich den Moment in sein Gedächtnis zurück, als sie das erste Mal miteinander schliefen und er ihre Finger auf seinem Körper spürte, wie es sich anfühlte, als sie ihn liebkoste. Er sah sie vor sich, sein Gesicht zwischen ihren Handflächen. Die gleißenden Linien der Sonnenstrahlen drängten sich durch die Ritzen der Jalousien in das Zimmer. Er spürte erinnernd das wahnsinnige Begehren, das brennend seinen Körper verschlang.

Während er mit der einen Hand die Haustür aufschloss, drückte er mit der anderen den Klingelknopf.

Der Aufzug fuhr leise surrend nach oben, wo Sine ihn schon vor der Wohnungstür erwartete. Sie schlang ihre Arme um seinen Hals und küsste ihn hitzig.

Er bemerkte ihren fordernden Blick. Er kannte ihn.

Sie lachte ihn an. Sie nahm ihn bei der Hand. Sie schubste ihn auf das Bett ihres Schlafzimmers, streifte ihr Kleid hoch, unter dem sie nackt war, und ritt ihn mit einem Ungestüm, dass Amos befürchtete, sein Schwanz könnte Schaden nehmen. Er beobachtete sie. Sie hatte den Kopf in den Nacken geworfen, ihr Körper zitterte wie bei einem starken Fieberanfall, unverständliche Wortfetzen drangen aus ihrem Brustkorb in sein Ohr. Das kleine Tattoo *Cogito ergo sum* an der Unterseite ihrer linken Brust vollführte wilde Sprünge. Als das Beben und die vibrierende Körperspannung abklangen, rollte sie sich von ihm herunter und legte sich neben ihn auf den Rücken. Die Arme unter dem Kopf verschränkt.

Sie drehte ihm den Kopf zu und strahlte ihn an: »Das musste jetzt sein, ich habe ein unglaubliches Verlangen in mir gespürt und konnte es nicht mehr zurückhalten. Tut mir leid für dich, wenn alles zu schnell ging und du nicht auf deine Kosten gekommen bist. Meistens ist es ja umgekehrt«, sagte sie grinsend.

Amos sah in ihre lachenden, entwaffnenden Augen. Er ließ seinen Blick über ihren Körper gleiten. Er blieb auf ihrem Tattoo, das jetzt zur Ruhe gekommen war, haften. In seinem Inneren musste er schmunzeln. Er fand es etwas albern. Auch sie selbst würde es sich heute nicht mehr machen lassen. Es war, wie sie ihm einmal gebeichtet hatte, eine Jugendsünde gewesen. Aber dass sie es gerade an dieser Stelle hatte tätowieren lassen, entbehrte nicht einer gewissen Chuzpe. Der Mensch ist nicht nur Geist, sondern er besteht ebenso auch aus Fleisch und Blut. Und in Situationen wie jetzt eben triumphiert der Körper über den Kopf, schaltet das ‚Cogito' ab und tut dann das, was er für richtig hält und was ihm gefällt, ohne im Hirn anzuklopfen: darf ich das?

»Lass uns doch in der Wohnung bleiben. Wir können auf der Terrasse etwas essen und reden können wir hier besser als anderswo«, machte sich Sine bemerkbar.

Amos nickte. Ihm war die Lust, sich unter die Menschen zu mischen, vergangen.

Der Augustabend geriet ihm zu einem abstrakten Gemälde aus gebrochenem Licht, Hitze und überbordenden Empfindungen. Irgendetwas, was nicht zu greifen war, hatte sich verändert. Die Luft fühlte sich anders an, die Gerüche waren intensiver, die Geräusche, die von der Straße und dem Fluss zur Terrasse hochdrangen, erschienen ihm wie zarter Wellenschlag.

»Hallo, mein Lieber, komm mal wieder zurück. Wo steckst du mit deinen Gedanken?«

Amos schreckte aus seinem Kokon, den er um sich gewoben hatte, auf und sah sie mit einem leicht stupiden Gesichtsausdruck an.

»Entschuldigung, du hast mich verwirrt. Ich bin etwas durcheinander und kopflos.«

»Genauso siehst du auch aus.«

Während des Essens verbarg Amos unter dem Tisch seine Erektion, die auf den Duft von Sines erhitzten Körper reagierte. Er verspürte eine Lust, die seinen Körper in eine peinigende Spannung versetzte.

»Was gibt es so Dringendes zu besprechen, das keinen Aufschub duldet?« fragte Sine.

Amos rutschte unruhig auf seinem Stuhl hin und her.

»Nicht so wichtig!«

»Nun sag schon.«

»Ich will lieber nochmal mit dir ...«

»Entspann dich. Der Abend ist noch lang«, unterbrach sie ihn und tätschelte beruhigend seine Hand. »Du bist doch hergekommen, um zu reden und nicht, um mit mir permanent zu ...«

»Und du, was machst du?»

»Ich habe mich lediglich auf meine Weise geäußert und dich bei mir, nein, in mir, willkommen geheißen, mein Liebster. Manches sagt sich ohne Worte leichter.«

»Für das, was ich zu sagen habe, steht mir leider nur die Sprache zur Verfügung. Also bringen wir es hinter uns, um uns dann Interessanterem widmen zu können.«

»Dann lass deinen Worten jetzt freie Bahn. Schieß los!«

»Du weißt, dass morgen meine Mutter aus Berlin zu Besuch kommt. Mir liegt daran, sie nicht zu beunruhigen, deswegen will ich mit dir reden.«

Sine schaute ihn überrascht an.

»Was gibt es denn Beunruhigendes? Habe ich da etwas nicht mitgekriegt?«

»Es ist eigentlich nicht so wichtig, aber meine Mutter ist in dieser Hinsicht sehr empfindlich und ich will nicht, dass sie sich unnötig aufregt.«

»Ich verstehe immer weniger. In welcher Hinsicht ist sie empfindlich? Über was soll sie sich nicht aufregen? Raus mit der Sprache! So unwichtig scheint die Angelegenheit dann wohl doch nicht zu sein!«

Amos berichtete ihr von den Briefen, die er erhalten hatte, und von dem Einbruch in seine Galerie. Und er erzählte ihr auch von den Rassenunruhen in Nigeria, bei denen die Eltern seiner Mutter von Rassisten ermordet worden waren.

Sine sprang mit einem Ruck auf, als er geendet hatte. Der Stuhl kippte scheppernd auf den Terrassenboden.

»Was sagst du mir da? Warum erst jetzt? Und das nennst du unwichtig! Das ist alles schrecklich. Widerwärtig, ekelhaft, hässlich!«

»Genau das habe ich von dir erwartet. Deswegen habe ich bis jetzt geschwiegen.«

»Was hast du erwartet?«

»Dass du dich über Maßen aufregst, dass du ausflippst vor Empörung. Aber das bringt nichts.«

»Das bringt nichts, sagst du? Soll ich sagen, da kann man nichts machen, so ist eben mal die Welt?«

»Nein, natürlich nicht, aber ein Mann muss das mit sich selbst ausmachen. Ich will dich schützen und nicht ängstigen.«

»Das ist doch Scheiße, Amos! Ich kann mir selbst helfen. Wo bleibt da das Vertrauen? Solche Dinge muss man doch gemeinsam bereden. Geheimniskrämerei zerstört Vertrauen. Sobald da ein Geheimnis ist, kann jeder dieses Loch mit Verdächtigungen vollstopfen. Und außerdem geht mich das auch ganz direkt etwas an. Ich bin deine Freundin. Hast du dir mal überlegt, was in diesen dumpfbackenen Gehirnen abläuft? Eine Deutsche mit einem Afrikaner? Rassenschande ist das in deren Augen, und ich ein Flittchen, eine Schlampe. Ich warte nur noch darauf, bis auch bei mir die ersten Schmutzbriefe hereinflattern. Wahrscheinlich haben sie nur meine Adresse noch nicht. Ich bitte dich sehr, sei ehrlich zu mir. Egal, um was es sich handelt. Es ist so verletzend, wenn man hintergangen und ausgeschlossen wird, wenn der eine den anderen nicht an seinem Leben teilhaben lässt.«

»Nochmals, ich habe das alles nicht so ernst genommen. Erst als sie auch vor meiner Galerie nicht haltgemacht haben und tätlich geworden sind, bin ich aufgeschreckt.«

»Das ist der große Fehler, nicht nur von dir, sondern rückblickend auch von der Politik und der Polizei. Dieser rechte Mob ist brandgefährlich. Im wahrsten Sinne des Wortes. Fast täglich werden Flüchtlings- und Asylantenheime abgefackelt. Sieh dir nur deine Bilder an. Und denk auch an die zehn Morde von dem NSU, bei denen noch viele Dinge unaufgeklärt sind. Mein Vertrauen in die Sicherheitskräfte und vor allem den Verfassungsschutz ist nicht mehr sehr groß. Was leben wir doch in einer beschissenen Zeit!«

Amos stand auf und nahm sie in seine Arme. Lange blieben sie so stehen.

»Du hast recht, was dich angeht. Ich hätte es dir längst sagen sollen. Aber bitte sprich nicht mit meiner Mutter darüber«, sagte Amos in die Stille hinein.

Sine ging an den Rand der Terrasse und schaute über den Main hinweg nach Osten auf die Skyline von Frankfurt. Sie war geschockt, dass man auch in einer solch internationalen Stadt vor dem braunen Pöbel nicht sicher war.

»Wenn du es so willst, respektiere ich es natürlich, obwohl ich der Meinung bin, dass es besser wäre, du sprichst mit ihr, bevor ihr der ganze Spuk um die Ohren fliegt.«

»Sie fährt am nächsten Tag gleich weiter zu einer Freundin in die Schweiz, um ein paar Tage Urlaub zu machen. Mein Vater ist zurzeit sehr beschäftigt und kann Berlin nicht verlassen. Sie werden also beide nichts erfahren.«

»In den nächsten Tagen nicht, aber kannst du garantieren, dass in den kommenden Wochen nichts nach Berlin durchsickert? ... Nun gut, es ist deine Sache. Aber was gedenkst du selbst zu unternehmen? Das ist etwas, was auch mich angeht.«

»Erstmal nichts. Ich werde sehen, was die Polizei herausbekommt und dann entscheiden, wie ich mich verhalte. Was kann ich auch tun? Soll ich mir eine Pistole besorgen und das Recht selber in die Hand nehmen? Ich denke, das ist der falsche Weg.«

»Sicher, das wäre der falsche Weg«, sagte sie leise vor sich hin, »aber alles muss man sich auch nicht gefallen lassen.«

Als sie gestern, spät in der Nacht, im Bett lag und sich ihre Enttäuschung darüber, dass er sie erst so spät ins Vertrauen gezogen hatte, längst verflüchtigt hatte, spürte sie eine starke innere Unruhe.

Die übergroße Liebe zu Amos weckte in Sine ein fast zwanghaftes Verlangen, ihn gegen alles Außenstehende abzuschirmen, ihn in Besitz zu nehmen und eifersüchtig über ihr Eigentum zu wachen. Aber Amos entzog sich jeder Inbesitznahme. Sine wusste, dass auch sie selbst ihm wichtig war, sie seinem Leben Fülle gab und er sie begehrte und liebte. Aber anders als sie ruhte Amos in sich und könnte seinem Leben auch ohne ihre Existenz Fülle und Bedeutung geben.

Was verstand er unter Liebe, lieben oder geliebt werden? Welche Sehnsüchte erfüllte sie in ihm? Sine wusste es nicht. Sobald sie glaubte, ihn durchschaut zu haben, stellte er sie vor neue Rätsel und nährte Zweifel an dem, was sie glaubte, an ihm begriffen zu haben. Er lebte weitgehend für und in sich: für seine Arbeit als Chirurg, die ihn unabhängig machte, für seine Kunst, in der er sich die Welt unterwarf, in der er absoluter Herrscher war und nur auf sich selbst hören musste. Sie vergaß nie, wie er ihr einmal gesagt hatte: Ein Mann kann besiegt werden, aber niemals unterworfen. Sine war beeindruckt von diesen Worten, weil sie spürte, wie ernst es ihm damit war. Sie waren für ihn keine abgegriffene Floskel, sondern gelebtes Leben.

Sie musste und wollte damit zurechtkommen. Jedem sein Stückchen Freiheit. Sie selbst war, wie er, auch nicht bereit, sich vor ihm niederzuwerfen. Ihre Vorstellung von Liebe wich jedoch von der, die sie Amos zuschrieb, ab. Liebe war für sie überwältigende Vereinigung, die das Ich zugunsten des Wir verdrängte. Liebe bedeute für sie, gebraucht zu werden, eine Art Sehnsuchtsort zu sein, zu wertvoll, um ihn auch nur einen winzigen Augenblick aus den Augen zu lassen.

Sie schlang ihre Arme um seinen Körper, presste sich an ihn.

Er löste sich von ihr und starrte auf dem Rücken liegend eine Zeitlang reglos zur Decke.

»Ich brauche keinen Schutz«, sagte er tonlos, mehr zu sich als zu ihr, »ich kann mich selbst verteidigen und um meine Ehre kämpfen. Niemand wird mich niederringen.«

Sie wollte gerade sagen, dass er ihre Umarmung falsch verstanden habe, und dass nicht er Schutz, sondern sie selbst Nestwärme bräuchte, als er sich auf sie warf, mit hartem Griff ihre Handgelenke packte und sie rüde auf das Bett drückte. Er drang in sie ein und benutzte sie rücksichtslos und unbedacht, um sein Verlangen zu befriedigen, bis er zum Samenerguss kam.

Sine war verwirrt und widerstreitenden Gefühlen ausgeliefert. Sie fühlte sich wehrlos und ihm ausgeliefert und genoss doch gleichzeitig die heftigen Lustgefühle, die sein unbeherrschtes Verhalten bei ihr hervorgerufen hatte.

Natürlich unterliegen sexuelle Erregungen nicht unserer Kontrolle, damit umzugehen aber schon. Nur weil er Klöten hat, gibt ihm das nicht das Recht, seiner Gefühlserschütterung ungebremst nachzugeben.

Sie betrachtete die Umrisse seines Rückens, der mit der Nacht verschmolz, dessen Konturen sich aber scharf gegen den mondbeschienenen Nachthimmel abzeichneten.

Hatte ich ihn vor ein paar Stunden zuvor nicht auch benutzt? Hatte ich nicht auch egoistisch mein Verlangen befriedigt? Hatte ich ihn nicht auch unterworfen, auf meine Art und Weise, so dass er keine Befriedigung erfahren hatte? War das, was er eben gemacht hat, dasselbe nur aus männlicher Perspektive?

Oder war bei ihm noch etwas Anderes als nur die Befriedigung der Lust im Spiel. Was begreife ich nicht? Wollte er Rache an mir nehmen und das einfordern, was ich ihm zuvor versagt hatte? Wollte er seine Macht demonstrieren und klarstellen, wer das Rudel anführt und wer sich zu unterwerfen hat?

Mit diesen Gedanken schlief Sine ein und als sie erwachte, war das Bett neben ihr leer. Auf dem Nachttisch fand sie ein kurzes, unpersönliches Schreiben:

Liebe Sine. Du hast fest geschlafen und ich wollte dich nicht wecken. Wir sehen uns heute Abend.

Dein Amos.

Sie ging ins Badezimmer und überprüfte ihren Körper auf Spuren der vergangenen Nacht. Ihre Handgelenke zeigten deutliche Druckstellen seiner Umklammerung und an mehreren Stellen ihres Körpers hatten sich gelblich-braun gefärbte Flecken auf der Haut gebildet. Sie war beunruhigt, als sie an die Kraft und Impulsivität von Amos dachte, der sie machtlos ausgeliefert war.

Könnte ich mich schützen, wenn mich jemand bedrohen würde? Wie könnte ich mich gegen sexuelle Übergriffe wehren? Ich besitze nicht Amos' Furchtlosigkeit und verfüge auch nicht über die Körperkräfte, die notwendig wären, um roher Gewalt entgegentreten zu können, falls es notwendig sein sollte. Wäre es nicht angebracht, sich zu bewaffnen? Ich würde, anders als Amos, eine Waffe in meinem Besitz nicht ablehnen.

Sine machte Kaffee, backte zwei Brötchen auf und deckte für sich auf der sonnenbeschienenen Terrasse den Frühstückstisch. Im Glanz des frischen, hellen Dienstagvormittags erschien ihr die Welt etwas weniger düster und ihre Beklemmungen und Verwirrungen verblassten.

Kapitel 5

Der Chef de Rang des Hotelrestaurants in der Friedrich-Ebert-Anlage geleitete Amos, seine Mutter Nana und Sine Kühn an ihren Tisch. Nana Alabis grünlich schimmernde Augen strahlten stolz, als sie neben ihrem Sohn in einem türkisfarbenen Kostüm und darauf perfekt abgestimmten hochhackigen Schuhen durch den Saal schritt. Amos hatte sich zum Abendessen ebenfalls einen modischen, dunkelblauen Anzug angezogen und sah blendend aus neben seiner noch immer sehr attraktiven Mutter, die in diesem Jahr ihren fünfundsechzigsten Geburtstag feiern wird. Ein schönes, Eleganz ausstrahlendes Paar, dachte Sine, die hinter Mutter und Sohn herging.

Nachdem der Restaurantchef die Bestellung aufgenommen hatte und Amos seiner Mutter über die wichtigsten Neuigkeiten aus seiner ärztlichen und künstlerischen Arbeit berichtet hatte, fragte Nana ihren Sohn, ob sie am nächsten Tag nicht einmal seine Galerie besuchen könnte. Sie hätte vormittags Zeit, da ihr Zug erst am späten Nachmittag fahren würde. Amos warf einen fragenden Blick zu Sine.

Sie wusste, dass die Spuren des Vandalismus noch immer nicht vollständig beseitigt waren.

»Die Galerie wird gerade renoviert. Wenn du Lust hast, würde ich mich freuen, wenn du zum Frühstück zu mir kommen würdest. Dann könnten wir bei dem schönen Wetter auf der Terrasse noch etwas plaudern«, ergriff Sine das Wort und enthob ihn einer Antwort.

Amos sah Sine dankbar an.

»Das ist schade. Ich hatte von Amos letzter Ausstellung in Berlin gelesen. Sie hätte mich sehr interessiert. Nun, wenn es nicht geht, muss ich mich fügen. Es ist lieb von dir, mein Kind, dass du mich einlädst. Ich komme gern. Amos ist leider immer viel beschäftigt und hat wenig Zeit, der Arme! Er hat mir erzählt, was für eine schöne Wohnung du hast, Sine. Ist das in Frankfurt überhaupt noch bezahlbar? Ich habe gehört, dass die Mietpreise hier in letzter Zeit enorm gestiegen sind.«

»Die Wohnung von Sine ist eine Eigentumswohnung und deswegen von den ständig steigenden Mieten nicht betroffen«, sagte Amos.

»Eine Eigentumswohnung? Verdienst du so gut?« fragte Nana Sine direkt.

»Wie du weißt, war mein Vater Professor für Neurobiologie. Zuvor arbeitete er aber als Biochemiker. In dieser Eigenschaft machte er eine lukrative Erfindung, die er sich patentieren ließ. Zusammen mit einem großen Chemiekonzern vermarktete er das Patent für eine reißfeste, elastische Folie erfolgreich. Als ich Abitur machte, überschrieb er mir einen Anteil der Einnahmen aus dem Verkauf dieser Folie und bei seinem Tod erbte ich dazuhin noch ein ansehnliches Aktiendepot.«

»Das ist aber ein sehr großzügiges Abiturgeschenk«, sagte Nana.

»Nicht wahr! Aber richtig stark finde ich die Begründung von Sines Vater für diese Schenkung. Er wollte, dass sie, damals, als sie volljährig wurde und ihr alle Wege offenstanden, frei von materiellen Sorgen und familiären Rücksichten ihre Zukunft gestalten könnte«, fügte Amos hinzu. »Wo wir gerade bei den Vätern sind, wie geht es meinem Vater in Berlin? Hat er zurzeit irgendwelche besonderen Projekte am Laufen?«

»Gesundheitlich geht es ihm gut, aber ich befürchte, er übernimmt sich etwas. In seinem Alter sollte man langsam etwas kürzertreten. Aber was sage ich, du kennst ihn. Er lässt sich nichts sagen. Ich glaube, er ist sehr involviert in diese ganze Boko-Haram-Geschichte. Er versucht seiner Regierung in Nigeria von Deutschland aus zu helfen, wo er nur kann. Diplomatisch, aber auch, wenn es um deutsche humanitäre Hilfe und Waffen für Nigeria geht. Er unterstützt die Regierung bei den schwierigen Verhandlungen bei Geiselnahmen und Lösegeldforderungen. Was weiß ich, was er sonst noch alles macht. Er hält mich da raus. Ich will auch gar nicht alles wissen. Die Welt ist so schrecklich, so unmenschlich geworden! Auch Deutschland. Die rechten Rassisten machen mir Angst. Sie werden immer dreister, gerade auch in Ostdeutschland. Ich hoffe, ihr in Frankfurt habt damit nicht so große Probleme?«

»Bei uns ist die sogenannte ‚Umvolkung' bereits schon fast vollzogen. In der Frankfurter Innenstadt beträgt der Ausländeranteil knapp fünfzig Prozent. Da fällt es den Rechten etwas schwerer Fuß zu fassen«, sagte Sine ironisch und sah, wie Amos und seine Mutter zusammenzuckten.

»Mein Kind, darüber macht man keine Späße. Ich bitte dich, nimm mir gegenüber solch unselige Nazibegriffe wie ‚Umvolkung' nie mehr in den Mund«, sagte sie ernst. »Sie haben wahrlich genug Unheil in die Welt gebracht.«

Kapitel 6

Pablo Rubins Mutter war Spanierin aus Bilbao und der Vater Pferdezüchter aus Ostwestfalen, der mehr mit seinen Pferden, als mit seiner Frau verheiratet war. Deswegen war es absehbar gewesen, dass sich seine Frau irgendwann einmal von ihm abwenden würde. Auch Pablo hat dies geahnt und war nicht sehr verwundert, als sich seine Eltern vor zehn Jahren tatsächlich gütlich trennten und seine Mutter wieder nach Bilbao zurückging.

Pablo Rubin profitierte von den Eigenheiten und Charaktermerkmalen beider Elternteile. Von der Mutter hatte er die offene, zugängliche Mentalität, vom Vater die stoische Ruhe, die kräftige Statur und die angenehme, tiefe Stimme. Pablos Gesichtsausdruck war stets entspannt und seine Augen blickten aufmerksam und mit Neugier auf die große und kleine Welt, für die er sich auch politisch engagierte. Seit Jahren war er nicht nur in der Bürgerinitiative gegen den Flugzeuglärm, der in seinem Wohngebiet in Frankfurt-Sachsenhausen besonders spürbar war, tätig, sondern auch, wenn es seine Zeit erlaubte, bei jeder größeren Demonstration, sei es gegen Fragida oder für eine fahrradfreundliche Infrastruktur der Stadt, beteiligt.

Pablo joggte an diesem Donnerstag wie gewöhnlich entlang des Mainufers. Ein zufällig vorbeikommender Passant, was so früh am Tag allerdings kaum vorkam, könnte auf einen leidenschaftlichen Jogger tippen, der gerade konzentriert die Frankfurter Skyline nördlich des Mains studierte. Er hätte seine Wette verloren. Pablo Rubin interessierte sich nicht für Frankfurts Hochhäuser, sondern trabte völlig gedankenversunken vor sich hin. Und er war auch alles andere als ein begeisterter Läufer. Die Wahrheit war, dass er sich jedes Mal dazu zwingen musste, auf die Strecke am Sachsenhäuser Mainufer zu gehen. Im Grunde seines Herzens fand er die Freiluftrennerei stumpfsinnig, aber der Gesundheit zuliebe und der Vernunft gehorchend, überwand er sich und lief an immer den gleichen Tagen und nach einem festgelegten Zeitplan, der es ihm erleichterte, den inneren Widerstand zu überwinden.

Pablo verlor nicht so leicht die Fassung, wenn ein Unglück geschah oder ihm etwas Missliches widerfuhr. Er brach auch nicht in überschäumenden Jubel aus, wenn etwas Schönes, Angenehmes passierte. Aber dass sich seine Freundin Liz von ihm trennen wollte, setzte ihm zu und ließ ihn nicht los, auch wenn er sich bemühte, sie aus seinem Kopf zu vertreiben. Wenn er seinen Blick vom Asphalt der Laufstrecke weg auf die Häuser jenseits des Mains richtete, sah er an diesem Tag nicht die Frankfurter Stadtsilhouette, sondern Bilder von den Wolkenkratzern entlang des Hudson River, die ihn schmerzhaft an Liz erinnerten. Sie war Amerikanerin, hatte eine Gastprofessur für Genderforschung an der Goethe-Universität inne und schlug sich neuerdings mit dem Gedanken herum, nach New York zurückzukehren.

Er hatte lange gezögert, sie anzurufen. Nicht, weil er das Gespräch scheute, sondern es dauerte einfach seine Zeit, bis er sich im Klaren wurde, was Liz, was diese Freundschaft für ihn bedeutete. Er nahm sich fest vor, noch heute Morgen mit ihr zu telefonieren.

Als Pablo wieder in seinem Büro war, lag eine Notiz von Imke Stoll auf seinem Schreibtisch. Der Computer war fündig geworden. Einer der Fingerabdrücke des Einbruches in die Galerie 291 in der Braubachstraße war aktenkundig. Seltsam war nur, dass in der Datenbank außer dem übereinstimmenden Fingerabdruck und dem Datum der Speicherung keinerlei weitere Informationen vorhanden waren. Es hieß nur lapidar: Das Verfahren wegen Volkverhetzung und Körperverletzung gegen den Angeklagten Kupka wurde ausgesetzt. Nur ein

Name, aber kein Bild und keine Gründe für die Niederschlagung des Verfahrens.

Pablo ging in den Nebenraum, wo Imke Stoll an ihrem mit Papieren übersäten Schreibtisch saß. Sie lugte hinter ihrem Bildschirm hervor und lächelte ihn an. Imke, eine junge Kriminalassistentin, kannte Pablo, der kaum brummig wurde und nur selten seine gelassene Besonnenheit verlor, gut genug, um sofort zu erkennen, dass bei ihm irgendetwas schiefgelaufen war und sich nicht in seinem Sinn zu entwickeln schien. Er schien ihr unzufrieden und gereizt.

Imke war schlank und groß. Als sie sich erhob, überragte sie ihren Chef um ein paar Zentimeter. Die pechschwarzen Haare reichten ihr bis zu den Schulterblättern. Die ständig umherirrenden Augen in einem schmalen Gesicht mit einer auffallend spitzen Nase und ebensolchem Kinn, das an Jodie Foster erinnerte, deuteten auf ein eher hibbeliges, ungeduldiges Temperament hin. Sie war darin das genaue Gegenteil von Pablo. Auch war sie im Gegensatz zu ihm stets bemüht, bei anderen den Eindruck forscher Entschlossenheit zu erwecken. Im Kern ihres Wesens war sie jedoch unsicher und zuweilen unberechenbar, was sich oftmals in Form einer ironisierenden Spitzzüngigkeit bemerkbar machte.

Als er, sich hinter einer unbeweglichen Miene versteckend, zu ihrem Schreibtisch kam, war es ihr unmöglich zu erkennen, was in seinem Kopf vorging. Was es auch war, das ihn beschäftigte, Imke hielt es für geraten, ihn bei seiner Gedankenarbeit nicht zu stören. Anders als sie selbst war Pablo nicht sehr gesprächig, ließ Argumente und Gegenargumente lieber erst einige Zeit in sich reifen, bevor er mit seiner Meinung an sie herantrat oder an die Öffentlichkeit ging.

Als er vor ihr stand, blickte Pablo Imke teilnahmslos an und sagte im ruhigen Ton: »Knöpfe dir doch bitte diesen Erwin Kupka vor. Die ganze Sache kommt mir nicht koscher vor. Suche über diesen Kupka und den ausgesetzten Prozess alles zusammen, was du finden kannst. Internet, alte Akten, Zeitungsartikel.«

Dann zog er sich wieder in sich zurück und schlurfte in sein Büro.

Pablo griff zum Telefonhörer. Liz Hunter meldete sich. Aber bevor er etwas sagen konnte, überfiel sie ihn mit Anschuldigungen. Er sah sie leibhaftig vor sich: funkelnde Augen, den Kopf mit den kurzgeschnittenen braunen Haaren nach hinten geworfen, eine kleine Zornesfalte an der Nasenwurzel.

»Du redest nicht. Du kuschelst nicht, du schläfst nicht mit mir. Früher hielten wir es keine zwei Tage ohneeinander aus. Wenn ich nachts aufwache, sitzt du am Schreibtisch. Und wenn ich dann meinen Arm um dich lege und dich frage, warum du nicht schlafen kannst, guckst du mich wie eine Deutsche Dogge nur traurig an. Seit Wochen warte ich, dass du redest, einfach nur mit mir redest. Über uns, über dich, über mich – ich halte das nicht länger aus.«

»Jetzt möchte ich reden.«

»Jetzt ist es zu spät. Ich kann nicht mehr.«

»Es ist nie zu spät, Liz. Wenn man will, wenn du willst, können wir alles wieder ins Lot bringen.«

»Wenn ich will, wenn ich will! Darum geht es nicht. Du musst wollen. Ich brauche keinen Mann, der neben mir her lebt und sich mir nicht öffnen kann, der mich nicht in die Arme schließt, der sich nicht mit mir freut und nicht mit mir leidet. For god‘s sake! Das alles ist doch shit!«

Sie legte auf.

Pablo saß steif in seinem Drehstuhl und stierte lange auf Liz‘ Foto auf seinem Schreibtisch.

»Das ist alles große Scheiße. Ich hab's vermasselt!«, schimpfte er laut über sich selbst.

»Was ist passiert?«, rief Imke aus dem Nebenzimmer.

»Ich glaube, sie will nicht mehr.«

»Wer will nicht mehr? Ich verstehe nicht.«

»Brauchst du auch nicht. Betrifft nicht dich.«

Wenige Minuten später klingelte das Telefon nochmal. Pablo hob mechanisch den Hörer ab.

»Guten Tag, Rubin am Apparat.«

»Ich will nicht, dass ‚Shit' das letzte Wort ist, das du von mir hörst und in deiner Erinnerung haften bleibt. Wir hatten eine schöne Zeit miteinander. Du bist, wie du bist. Ich bin dir nicht böse. Es tut mir alles sehr leid, aber es ist besser, wenn wir getrennt unser Leben weiter gestalten. Mach's gut Pablo!«

Liz Hunter legte auf, ohne eine Antwort von ihm abzuwarten.

Pablo glotzte, den Telefonhörer immer noch an seinem Ohr, vor sich hin.

Sie hatte Recht, er hatte sich in letzter Zeit nicht genug um sie gekümmert. Aber er wollte sich bessern. Warum schlug sie diese Möglichkeit aus?

Er stand auf, schloss seine Tür und ging unruhig in seinem Büro auf und ab. Das Telefon klingelte erneut. Er unterbrach seinen Marsch durch das Zimmer und starrte auf den Apparat.

»Ich bin ein Glückspilz! Ich bekomme doch meine zweite Chance«, sagte er laut vor sich hin und nahm den Telefonanruf an.

»Ich habe so gehofft, dass das nicht dein letztes Wort gewesen war. Wir werden es schaffen, ich verspreche dir, dass ich mich bessern werde und ...«

»Mit wem bin ich verbunden? Hier ist Amos Alabi. Ich möchte gern Hauptkommissar Rubin sprechen.«

Pablo Rubin nahm den Hörer vom Ohr und betrachtete ihn ungläubig.

»Kacke, verdammte Hühnerkacke!«

»Was? Was ist Kacke? Mit wem spreche ich? Verbinden Sie mich bitte mit Herrn Rubin, Herrn Pablo Rubin.«

Pablo ging langsam um seinen Schreibtisch herum und setzte sich auf seinen Bürosessel.

»Hier ist Pablo Rubin. Entschuldigen Sie, das war nicht auf Sie gemünzt.«

»Na dann bin ich aber beruhigt.«

»Um was geht es, Herr Alabi? Wie kann ich Ihnen helfen?«

»Ich wollte nachfragen, ob es neue Erkenntnisse wegen des Einbruchs gibt.«

Pablo Rubin überlegte kurz, was er antworten sollte.

»Ich kann noch nichts Konkretes sagen, aber wir gehen einigen interessanten Spuren nach. Ich informiere Sie, wenn wir mehr wissen.«

»Gut, dann warte ich. Aber das ist nicht der Hauptgrund meines Anrufs. Ich habe heute Vormittag eine E-Mail mit unbekanntem Absender bekommen. Ich würde sie Ihnen gerne zuschicken, damit Sie sich ein eigenes Urteil von dem Inhalt bilden können. Danach könnten wir nochmals telefonieren.«

Pablo Rubin gab ihm seine E-Mail-Adresse und kurze Zeit später ploppte an seinem PC die E-Mail auf.

Er las: *Für die Vergewaltigung einer deutschen Frau wirst du büßen.*

In einem Anhang war eine nackte blonde Frau abgebildet. Sie lag langgestreckt auf einem schmiedeeisernen Bett. Im Hintergrund sah man eine braune Tapete und ein Foto mit einem Schäferhund. Der Körper der Frau zeigte zahlreiche bläulich bis dunkelbraune Male und am Schambereich rötliche Flecken. Dem Anschein nach Blut.

Als Pablo Rubin noch vor dem Bildschirm saß, um sich einen Reim von der Mail zu machen, platzte Imke mit ihrem Tablet in der Hand in sein Zimmer.

»Das musst du dir angucken, Pablo! Du glaubst es nicht!«

Sie schob ihm das Tablet unter die Nase.

Unter der Überschrift ‚*Nigerianer vergewaltigt deutsche Frau. Wie lange noch sollen wir uns das gefallen lassen*!' betrachtete er das gleiche Bild, das er gerade per E-Mail erhalten hatte.

»Im Internet waren auf der Plattform ‚DEUTSCHLAND STEHT AUF' jede Menge Kommentare zu diesem Bild gepostet worden. Nach meiner Recherche hat auch Erwin Kupka Verbindungen zu der Gruppierung DSA. Hier einige Beispiele der Posts: ‚Das ist das wahre Gesicht Afrikas'; ‚Jetzt lässt das schwarze Pack die Hosen runter'; ‚Schützt unsere deutschen Frauen.'; ‚Ich fordere die Todesstrafe für schwarze Vergewaltigungsmonster'; ‚Amos, wir wissen, wo du wohnst, du entkommst uns nicht, Nigger'. In diesem Tenor geht es weiter. Du kannst dir vorstellen, mit welcher Geschwindigkeit sich diese Hasstiraden und die Brandmarkung von Alabi im Netz verbreiten werden. Er wird an den Pranger gestellt – wie im Mittelalter.«

»Es fällt mir schwer, zu glauben, dass Herr Alabi tatsächlich diese Frau vergewaltigt haben soll. Als ich mit ihm gesprochen habe, erschien er mir als vernünftig, beherrscht und kultiviert«, sagte Pablo, mehr zu sich als zu Imke.

Er erinnerte sich an einen Artikel, den er neulich über den Siegeszug der rechten Nationalisten und Populisten gelesen hatte. Seien es Gauland und Höcke in Deutschland, Kaczynsky, der starke Mann Polens, Hofer der Präsidentschaftskandidat aus Österreich, Orban in Ungarn, Marine Le Pen in Frankreich, Wilders in Belgien, Erdogan in der Türkei oder das Gespann Bannon & Trump in den USA. Sie alle waren Nationalisten, die die offene Gesellschaft scheuten, wie der Teufel das Weihwasser, die neue Mauern bauen wollten. Und alle bliesen sie in das gleiche Horn: Die Menschen jenseits ihrer Grenze brächten Kriminalität und Drogen, sie seien Vergewaltiger, Testosteron-Bomben und verunreinigten das Blut der Nation. Sie feierten ihre Ignoranz und die Entwertung der Wahrheit vor allem in den entsprechenden Foren der sozialen Medien, die getränkt waren von Respektlosigkeit, Verschwörungstheorien und Unwissen. Die Nutzer dieser sozialen Medien erhoben keinen Anspruch auf rationale Erklärungen. Sie wollten nicht die komplexe Welt verstehen, sondern in ihrer Infantilität bestätigt sehen, was sie glaubten, ohnehin zu wissen. Dies führte zu einer virtuellen Gemeinschaft der Antidemokraten und hätte, so die Autoren, einen gigantischen multiplizierenden Effekt. Lügen, Ressentiments, Vorurteile erführen eine permanente Verstärkung. Das Weltbild der Rechten, das auf Widerspruchsfreiheit und Abgeschlossenheit hin orientiert war, unterstellte, dass die Menschen vor allem Teil von völkischen Großgruppen, nicht Subjekt, nicht Individuum seien. Dies alles zerstörte den Kern von Demokratie, deren oberster Wert der Respekt vor dem Menschen in seiner Individualität, Einzigartigkeit und Menschenwürde sei.

Als Pablo über diese Analyse nachdachte, schien sie ihm in einem Punkt zu kurz zu greifen. Er war überzeugt, dass das Erstarken der neuen Rechten nicht zu erklären war ohne einen Rückgriff auf die durch die neoliberale Politik hervorgerufene Erosionskrise, die seit Jahren den gesellschaftlichen Zusammenhalt zersetzte und die demokratischen Strukturen von innen her aushöhlte. Der Widerstand gegen den nationalistischen Populismus müsste also einhergehen mit dem Kampf gegen die soziale Ungleichheit und den Marktfundamentalismus, wenn er langfristig erfolgreich sein wollte. Beides müsste man im Auge behalten, auch wenn er sich jetzt erst einmal um Ersteres kümmern musste.

Pablo erhob sich und ging wieder in seinem Zimmer auf und ab. Schließlich blieb er vor Imke stehen und sagte mit anklagender Stimme:

»Der Shitstorm fegt unkontrolliert durch die unsozialen Netzwerke und die Bilder und rassistischen Wutausbrüche sind nun unauslöschbar in der unendlichen Weite des Internet für die Ewigkeit eingraviert. Eins ist offensichtlich: Im Vordergrund dieser Kampagne steht nicht die Vergewaltigung, sondern die Hinrichtung von Alabi und mit ihm aller Schwarzen, Araber und sonstiger Nichtdeutschen. Der Rechtsradikalismus, der Rassismus, der rechte Terrorismus toben sich aus. Und das nicht nur in Deutschland. Man muss sich nur einmal die politische Rhetorik, der Orbáns, Erdogans und Trumps anschauen, sie alle argumentieren nicht mehr mit Fakten und Argumenten, sondern mit Gefühlen und berufen sich auf die angebliche Legitimation durch das Volk. ›Ich bin eure Stimme, die Stimme des Volkes‹, so der Originalton von Donald Trump als Präsidentschaftskandidat vor der Wahl in den USA. ›Ich gebe die Macht an euch, das Volk zurück‹, so Trump nach der Wahl. Wobei er als Milliardär *sein* Volk, das freilich nur einen Teil der Bevölkerung umfasst, lediglich für seine Zwecke benutzt und manipuliert. Zugegebenermaßen gekonnt manipuliert. Wahrheit und Inhalte sind irrelevant geworden, es geht nur noch um Performances, um Inszenierungen. Und genauso tritt die radikale Rechte in Deutschland auf. Hier wie dort scheuen die Alt- und Neu-Nazis, der Rechtspopulismus und Fanatismus alles Vieldeutige, alle Differenzierungen, sie propagieren die Lehre vom homogenen, reinen Volk, sie schüren Ängste, säen Hass, grenzen aus und schotten sich ab. All das zerstört die demokratische Kultur. Die Renaissance der gefühlskalten, entmenschlichten Ideologien der Neo-Nazis in Deutschland greift in gefährlichem Maße um sich. Und dieser Kupka spielt in diesem Spiel scheinbar eine wichtige Rolle.«

Imke wusste aus Erfahrung, dass es nicht leicht war, ihren Chef aus dem Gleichgewicht zu bringen. Aber jetzt spürte sie deutlich seine innere Erregung, die er kaum noch bändigen konnte.

Imke nickte.

»Du hast mit allem vollkommen Recht. Und außerdem möchte ich noch hinzufügen: Die Trumps dieser Welt bedienen exzellent das durch die Jahrhunderte geprägte Bild der sexuell verfügbaren Frau und weiblicher Unterwerfung.«

»So ist es«, unterbrach Pablo seine Mitarbeiterin, »der Körper und die Sexualität der Frau sind bei ihm nur die Manege, in der sich männliches Herrschaftsdenken zu beweisen versucht.«

»Um aber auf Alabi zurückzukommen. Was machen wir mit dem Vorwurf gegen ihn? Was wäre, wenn er berechtigt wäre?«, fragte Imke.

»Wenn er berechtigt ist, muss er dafür bestraft werden, wie jeder andere Bürger auch. Aber wie gesagt, mit dieser Anschuldigung ist mehr bezweckt. Davon bin ich fest überzeugt. Dem müssen wir ebenso nachgehen, wie der möglichen Straftat. Kennen wir den Namen der Frau?«

»Nein. Aber ich habe sie bei meinen Nachforschungen auf einem Zeitungsbild entdeckt. Während einer Fragida-Demonstration stand sie eingehakt neben Kupka. Offensichtlich kennen sie sich.«

»Ist von dieser Frau schon eine Anzeige bei uns eingetrudelt?«

»Nicht, dass ich wüsste.«

»Gut, wir werden Herrn Kupka morgen ins Präsidium einladen. Kannst du ihn bitte anrufen? Ich selbst werde mich heute noch mit Herrn Alabi in Verbindung setzen.«

Bevor Amos Alabi seine Wohnung verließ, um zu Rubin zu fahren, nahm er ein Beruhigungsmittel, um seine innere Unruhe in den Griff zu bekommen. Ihm war allzu bewusst, was diese E-Mail für ihn und seine berufliche Zukunft bedeuten konnte, falls es an die Öffentlichkeit gelangen würde. Um keinen Zweifel an seiner Seriosität aufkommen zu lassen, hatte er sich für den Besuch im Polizeipräsidium Krawatte und Anzug angezogen, was er sonst nur zu Beerdigungen oder besonders festlichen Anlässen trug. Als er aus der Garage fuhr und in die Ditmarstraße einbog, bemerkte er im Rückspiegel eine schwarze Limousine, die ihm bis zur Miquelallee folgte. Vor dem Polizeipräsidium in der Adickesallee parkte der BMW auf einem der für die Polizei reservierten Parkplätze. Zwei Männer stiegen aus und verschwanden in dem Gebäude.

Leide ich schon unter Paranoia? Oder lässt mich die Polizei tatsächlich beschatten, dachte Amos, als er die Treppen zum Büro von Hauptkommissar Rubin hinaufstieg. Was dachte sich dieser Rubin dabei? Hat er mich schon als Vergewaltiger abgestempelt?

Er lief den langen, in eintönigem Weiß gehaltenen Flur entlang, bis er auf einem Schildchen, das seitlich von einer Tür angebracht war, die Namen ‚Pablo Rubin' und ‚Imke Stoll' las. Er klopfte mit einem mulmigen Gefühl im Magen. Eine Frauenstimme forderte ihn auf, einzutreten. Imke kam ihm entgegen, als er in das Zimmer trat, und begrüßte ihn freundlich lächelnd.

»Ich wollte Herrn Rubin sprechen. Bin ich hier richtig?«

»Ja. Hauptkommissar Rubin erwartet Sie schon.«

Schweißtropfen hatten sich auf seiner Stirn gebildet. Es war sehr warm und stickig in dem Raum. Aber das war es nicht allein, warum er an diesem heißen Sommertag ins Schwitzen kam. Er wischte sich mit seinem Taschentuch die Stirn.

»Wir können wegen dem Straßenlärm leider nicht die Fenster öffnen. Entschuldigen Sie die schier unausstehliche Hitze.«

Imke führte ihn in das Zimmer von Pablo Rubin, wo ein großer Ventilator den Aufenthalt ein kleines bisschen erträglicher machte.

Rubin zeigte auf einen Stuhl an der Längsseite eines Tisches. Er selbst und Imke setzten sich ihm gegenüber.

»Wollen Sie etwas Wasser, Herr Alabi? Es ist heute Nachmittag wieder sehr schwül geworden, wahrscheinlich bekommen wir noch ein heftiges Gewitter«, begann Rubin das Gespräch.

Alabi nahm dankend an und trank in großen Schlucken das ganze Glas leer.

»Ich möchte nicht um den heißen Brei herumreden. Das liegt mir nicht so sehr. Erstens: Wer ist die Frau auf dem Bild, welches Sie mir geschickt hatten? Und zweitens: Haben Sie sie vergewaltigt?«

»Nein, ich habe sie natürlich nicht vergewaltigt«, sagte Alabi entrüstet.

»Kennen Sie sie?«, schaltete sich Imke ein.

»Kennen? Kennen ist zu viel gesagt. Sie war einmal in meiner Klinik zu einem kurzen Beratungsgespräch. Das war alles.«

»Wann war das und über was wollte Sie sich beraten lassen?«

»Das fällt eigentlich unter das Arztgeheimnis, ich weiß nicht, ob ...«

»Herr Alabi, ich denke, dass Sie in diesem Fall die ärztliche Schweigepflicht außer Acht lassen können. Sie werden beschuldigt, diese Frau vergewaltigt zu haben. Sie haben alles Recht, sich zu verteidigen. Sagen Sie mir bitte, was ist passiert«, unterbrach ihn Pablo.

Alabi nickte mit dem Kopf und sah Pablo offen ins Gesicht.

»Es war vor genau einer Woche. Frau Blunt dachte an eine Brustvergrößerung und wollte wissen, wie die Operation abläuft und was das alles kosten würde.«

»Und was haben Sie ihr geraten?« fragte Rubin.

»Ich hatte ihr abgeraten.«

»Warum?«

»Sie hatte einen perfekten Busen. Es wäre rausgeworfenes Geld gewesen ... Ich verrichte mein Handwerk nicht aus Geldgier, sondern, weil ich den Frauen helfen will, wenn sie objektiv oder subjektiv unter einem Makel leiden und deswegen zu mir kommen. Ich hatte nicht das Gefühl, dass sie unter ihrer Figur litt. Und wenn ich das noch hinzufügen darf, ich hatte auch nicht den Eindruck, dass sie das Geld für solch eine Operation flüssig hatte. Als ich ihr die Summe genannt hatte, sah sie mich an, als ob ich nicht ganz bei Trost gewesen wäre.«

»Was kostet eine Brustvergrößerung? fragte Imke.

»Ab neuntausend Euro aufwärts.«

»Puh, das ist in der Tat eine Menge Geld für ein paar Zentimeter mehr Oberweite.«

»Es ist nicht ganz billig, aber für die Frau, die vor mir saß, schien es ein kleines Vermögen zu sein.«

»Ich glaube, wir weichen etwas ab«, sagte Rubin. »Haben Sie sie untersucht?«

Alabi sah Rubin fragend an.

»Ich meine, hat sie sich freigemacht?«

Alabi nickte mit dem Kopf.

»Wo hat die Beratung stattgefunden?«

»In meinem Büro.«

»Waren Sie allein mit ihr?«

»Wir waren allein. Es war schon abends und meine Assistentin war bereits nach Hause gegangen.«

Rubin warf einen kurzen Blick zu Imke und fuhr dann mit seiner Befragung fort.

»Wieviel Uhr war es?«

»Ich denke, es war etwa sieben Uhr. Ich biete einmal in der Woche am Mittwoch von achtzehn Uhr bis neunzehnuhrdreißig Termine für Berufstätige an. Frau Blunt kam kurz vor sieben in meine Sprechstunde, wenn ich mich recht erinnere.«

»Was passierte dann weiter?«

Alabi sah sein Gegenüber fragend an.

»Wie meinen Sie das? Was soll passiert sein?«

»Ich meine das so, wie ich es gefragt habe. Wie lief die Besprechung ab? Wie lange war Frau Blunt bei Ihnen? Welche Untersuchungen hatten Sie vorgenommen?«

»Ich habe ihr erklärt, wie solche Operationen durchgeführt werden, ich habe sie über die Risiken und die ungefähren Kosten aufgeklärt. Dann hat sie ihren Oberkörper freigemacht und ich konnte sehen, dass, wie ich vorhin schon sagte, eine Operation rausgeschmissenes Geld wäre. Ich riet ihr von einer OP ab. Sie zog sich wieder an und gegen halb acht verließ sie meine Praxis.«

»Haben Sie Frau Blunt bei der Untersuchung berührt?«

»Nein, das war nicht nötig. Ich habe sofort mit einem Blick alles gesehen, was ich wissen musste.«

»Was hatten Sie für einen Eindruck von Frau Blunt? War sie aufgeregt, nervös? Hat sie, wie soll ich das sagen, mit Ihnen geflirtet oder versucht Ihre Aufmerksamkeit auf sich zu lenken?«

»Nein, nichts dergleichen, was sonst schon einmal vorkommen kann. Im Gegenteil, sie war ungewöhnlich unbeteiligt und uninteressiert. Und ich habe die Begegnung dann auch schnell wieder vergessen, bis ich jetzt diese E-Mail bekam.«

»Hat jemand gesehen wie Frau Blunt ihre Praxisräume wieder verließ? War jemand auf der Straße?«

»Nein, das Klinikpersonal war schon gegangen und ob jemand auf der Straße war, weiß ich nicht.«

»Gibt es in ihrem Büro etwas zum Hinlegen, zum Beispiel eine Liege?« fragte Imke.

»Ja, eine Liege.«

»Und darf ich Sie noch fragen, ob Sie verheiratet sind oder in einer Partnerschaft leben.«

»Ich habe eine feste Freundin. Wir sind glücklich, auch in sexueller Hinsicht. Darauf zielte wohl ihre Frage. Ihr Name ist Sine Kühn. Sie wird Ihnen das sicher bestätigen, falls Sie das für nötig erachten.«

»Das wär‘s dann erst einmal für heute«, sagte Rubin und fragte Imke, ob sie noch weitere Fragen hätte. Sie schüttelte den Kopf

Rubin stand auf, gab ihm die Hand und bedankte sich für das Gespräch. Er sagte ihm, dass sie den Vorwurf der Vergewaltigung in allen Richtungen weiter intensiv untersuchen und sich melden würden, sobald neue Erkenntnisse vorlägen. Da bis jetzt keine Anzeige eingegangen war, würden gegen ihn vorerst auch keine strafrechtlichen Ermittlungen aufgenommen.

Amos Alabi war sichtlich irritiert und sah Rubin fragend an.

»Ist das alles, was Sie zu der ungeheuren Anschuldigung und Diffamierung meiner Person zu sagen haben? Ich bin völlig unschuldig! Das, was da gerade passiert, ist alles total durchgedreht.«

Rubin betonte nochmals, dass die Polizei alles tun würde, um den Sachverhalt zu klären und natürlich bliebe es ihm unbenommen, seinerseits eine Anzeige wegen Verleumdung einzureichen. Aber er müsste sich bewusst sein, dass die Beweislage in solchen Fällen leider immer schwierig sei. Aussage stünde gegen Aussage. Vielleicht wäre es das Beste, wenn er sich mit seinem Rechtsbeistand beraten würde.

Als Amos Alabi gegangen war, ließ sich Pablo Rubin auf seinen Schreibtischsessel plumpsen. Ein

Scheißfall, wir sitzen mal wieder zwischen allen Stühlen, dachte er und fragte Imke, was sie von der ganzen Sache hielt.

»Mir schien Herr Alabi glaubwürdig, aber wie du schon sagtest: Aussage steht gegen Aussage. Es kann sein, dass es so war, wie er es geschildert hat. Er hätte andererseits auch die Möglichkeit gehabt. Wir müssen sehr sensibel an die Sache herangehen und dürfen uns nicht dem Vorwurf der Parteilichkeit aussetzen.«

»Sehr merkwürdig ist, dass der Vergewaltigungsvorwurf erst eine Woche später erhoben wurde – und dazuhin auch nur in den sozialen Medien und nicht bei der Polizei.«

»Anders sähe es allerdings aus, wenn sich die beiden danach nochmals getroffen hätten und die Vergewaltigung nicht letzten Mittwoch geschehen wäre, wie wir angenommen haben, sondern jetzt in diesen Tagen. In der Mail stand nichts über den Zeitpunkt der Tat«, unterbrach Imke ihren Chef.

»Richtig. Ich denke, wir werden uns mit Frau Blunt eingehender beschäftigen und ihr einen Besuch abstatten müssen. Schau bitte mal, ob du etwas über sie bei unserem schlauen Kollegen findest«, sagte Pablo und deutete auf den Computer.

Kapitel 7

Am nächsten Tag erschien Erwin Kupka pünktlich zu dem vereinbarten Termin. Er war etwa dreißig Jahre alt, von gedrungener Gestalt. Er hatte ein weiches, fleischiges Gesicht mit weit auseinanderliegenden Augen und schütterem Ziegenbart. Die schwarzen Haare, mit einer Welle à la Pompadour und einrasiertem Scheitel, waren nach hinten gekämmt und mit viel Haargel gestylt. An den Seiten war der wuchtige Schädel kahlgeschoren.

Auf hohen pinkfarbenen Stöckelschuhen tippelte eine stark geschminkte blonde Frau hinter ihm her. Rubin erkannte sie sofort als die Frau, die in der E-Mail als Vergewaltigungsopfer präsentiert worden war. Kupka sah sich im Büro von Pablo Rubin um, nahm die Blondine an die Hand, zog sie vor Rubins Schreibtisch und stellte sie als seine Freundin Ellen Blunt vor, die eine Aussage machen wollte.

Rubin deutete auf die beiden Stühle vor seinem Schreibtisch und forderte Kupka und Frau Blunt auf Platz zu nehmen. Imke Stoll setzte sich an den kleinen Konferenztisch und hielt sich im Hintergrund.

»Was wollen Sie aussagen, Frau Blunt?« fragte Rubin in neutralem Tonfall.

Ellen Blunt rutschte auf ihrem Stuhl hin und her, rückte ihre BH-Träger, die unter dem weit ausgeschnittenen Pulli hervorgerutscht waren, zurecht und sah hilfesuchend zu Kupka.

In der Tat, warum sollte diese Frau sich die Brust vergrößern lassen, stimmte Rubin in Gedanken Alabis Diagnose zu. Wenn er um einen Rat gebeten worden wäre, hätte er ihr eher zu einer Verkleinerung geraten. Es passt alles nicht zusammen. Da wird ein böses Spiel gespielt, war sich Rubin sicher.

»Na, sag schon, was passiert ist!«, forderte Kupka seine Freundin zum Sprechen auf.

Sie sagte nichts.

»Sie schämt sich«, ergriff Kupka wieder das Wort. »Sie ist vergewaltigt worden – und zwar von einem Neger.«

»Der Begriff Neger ist rassistisch. Ich möchte nicht, dass sie Menschen mit dunkler Hautfarbe in diesen Räumen so benennen«, sagte Rubin ruhig. »Sie sind also vergewaltigt worden. Ist das richtig?«, sagte er zu Frau Blunt gewandt.

»Ich habe es doch gesagt. Reicht das nicht? Wollen Sie mir unterstellen, dass ich lüge? Und kommen Sie mir nicht mit Rassismus. Ich lass‘ mir von Ihnen nicht vorschreiben, was ich sagen darf und was nicht«, platzte Kupka dazwischen.

»Sie kommen noch zu Wort, beruhigen Sie sich, Herr Kupka. *Sie* sind doch nicht vergewaltigt worden, oder? Also Frau Blunt, sind Sie vergewaltigt worden? Wenn ja, wann, wo und von wem? Erzählen Sie uns wahrheitsgemäß, was geschehen ist«, sagte Rubin.

»Wollen Sie vielleicht lieber mit uns alleine sprechen?« fragte Imke.

Sie schüttelte den Kopf.

»Nein, nein. Ich habe lieber meinen Freund dabei. Also, ich war am Mittwoch vor einer Woche bei Herrn Doktor Alabi zu einem Beratungsgespräch. Es war so zwischen halbsieben und sieben Uhr. Nach einer Weile bekam ich Durst und bat Herrn Alabi um ein Glas Wasser. Einige Zeit, nachdem ich getrunken hatte, wurde mir schwindlig und ich verlor das Bewusstsein. Als ich aufwachte lag ich auf einer Liege und konnte mich an nichts mehr erinnern. Mein Körper schmerzte, aber ich dachte mir nichts dabei. Der Herr Doktor bestellte mir ein Taxi und ich fuhr nach Hause. Dort stellte ich fest, dass ich am ganzen Körper blaue Flecken hatte und meine, ... meine Muschi brannte wie die Hölle. Es war offensichtlich, der Herr Doktor war in mich eingedrungen und hatte ohne meine Einwilligung mit mir geschlafen. Mit anderen Worten, er hat mich während meiner Bewusstlosigkeit vergewaltigt.«

Kupka nickte mehrmals zustimmend mit dem Kopf, als Ellen Blunt ihre Schilderung beendet hatte.

»Wann sind Sie nach Hause gefahren?« fragte Imke, die sich auf die Kante des Schreibtischs gesetzt hatte und mit verschränkten Armen aufmerksam den Ausführungen von Ellen Blunt zugehört hatte.

»Ich weiß nicht mehr genau. Vielleicht so gegen neun Uhr.«

»Haben Sie sich, als Sie bemerkt haben, dass Sie missbraucht worden waren, von einem Arzt untersuchen lassen?«

»Nein, es war doch klar, was passiert war. Und mein Freund kann das bestätigen.«

»Kann ich, sie war übersäht mit blauen Flecken und untenherum war sie blutig. Ich habe das alles dokumentiert«, bestätigte Kupka ihre Aussage.

»Und ins Netz gestellt«, ergänzte Rubin.

»Jawohl, und das Echo war riesig. Nur so kann man diese Burschen bestrafen. Die Lügenpresse unterdrückt, dass Neger, Araber und Islamisten Frauen vergewaltigen. Wir klären die deutsche Bevölkerung und die deutschen Frauen im Netz auf und wir werden sie auch zu beschützen wissen.«

»Sie behaupten, dass die genannten Personengruppen alle Vergewaltiger sind?«

»Nicht alle, aber ein großer Teil von denen, die sich in Deutschland eingenistet haben und zu uns geflüchtet sind. Letztere sind, wie Sie wissen, fast ausschließlich Männer. Und fast alle von denen bibbern nach Weibern und wollen ihre sexuellen Triebe irgendwie befriedigen – und dann nehmen sie sich eine deutsche, unschuldige Frau.«

»Frau Blunt, wollen Sie Anzeige erstatten?«

Ellen Blunt sah fragend zu Erwin Kupka, der ihr aufmunternd zunickte.

»Ja«, sagte sie und wirkte dabei ängstlich und fahrig auf Rubin.

»Das ist Ihr gutes Recht. Sie wissen, dass Sie gegebenenfalls ihre Aussage beeiden müssen und Sie müssen auch wissen, dass Meineid mit hohen Gefängnisstrafen belegt ist. Frau Stoll wird ihre Aussage protokollieren und dieses Protokoll müssen Sie unterschreiben. Wenn Sie das alles verstanden haben, gehen Sie bitte mit meiner Kollegin ins Nebenzimmer. Sie, Herr Kupka, bleiben bitte noch hier bei mir.«

»Gerne Herr Hauptkommissar, wenn es denn der Wahrheit dient.«

Rubin überging seinen Sarkasmus und fragte mit unbewegter Miene: »Kennen Sie Dr. Alabis Galerie in der Braubachstraße?«

»Ja.«

»Sind Sie kunstinteressiert?«

»Eigentlich nicht, aber es ist interessant zu sehen, was das Establishment, unsere sogenannte Elite, schön findet. Ich persönlich kann mit diesem Schund nichts anfangen. Alabi zieht mit seinen Bildern alles in den Schmutz, insbesondere auch unsere Frauen, die er zu Prostituierten macht. Kein Wunder also, dass er sie auch vergewaltigt.«

»Wann waren Sie in der Galerie Okonkwo?«

»Das weiß ich nicht mehr so genau. Wie ich schon sagte, der Scheiß interessiert mich eigentlich nicht. So etwas setzt sich bei mir nicht im Kopf fest.«

»Aber Sie wissen doch sicher noch, wo Sie letzte Woche am Donnerstagabend waren.«

»Oh, da muss ich überlegen. Ja doch, jetzt fällt es mir ein. Ich war zu Hause und habe ferngeguckt. Ist das erlaubt oder ist fernsehen zu niveaulos für Sie?«

»Kann das jemand bezeugen?«

»Ich sagte doch, ich war zu Hause und wenn ich zu Hause bin, ist auch meine Freundin zu Hause. Wir können Sie gleich fragen.«

Er stand auf und ging in das Zimmer von Imke.

»Schatz, sag dem Kommissar doch mal, wo ich am Donnerstagabend war.«

Als Ellen Blunt seine Aussage bestätigt hatte, kam er triumphierend wieder zurück zu Rubin.

»Warum glaubt ihr mir eigentlich nicht? Wissen Sie, Herr Kommissar, man fühlt sich einfach scheiße, wenn man von euch immer als Idiot und Lügner abgestempelt wird. Ich sage die Wahrheit und nichts als die Wahrheit, so wahr mir Gott helfe.«

Er grinste hämisch.

»Nun, lassen wir Gott mal aus dem Spiel, es geht hier um sehr weltliche Dinge. In der Galerie von Herrn Dr. Amos Alabi ist eingebrochen worden. Und wir haben an der aufgebrochenen Eingangstür und an den Wänden mit den Schmierereien Ihre Fingerabdrücke gefunden. Ich frage Sie geradeheraus: Sind Sie dort eingebrochen oder waren Sie an dem Einbruch in irgendeiner Weise beteiligt?«

»Haben Sie nicht gehört, was Ellen vor ein paar Sekunden gesagt hat? Ich war zu Hause und habe mit alledem nichts zu tun, auch wenn ich mich klammheimlich – ich gebrauche diesen Ausdruck, auch wenn ich wirklich kein Achtundsechziger und RAF-Freund bin – gefreut habe, dass sie dem Vergewaltiger die Bude etwas verschönert haben.«

»Sie befürworten also die Straftat?«

»Nein, aber ich kann auch nicht sagen, dass sie mich empört.«

Kupka hatte während des gesamten Gesprächs ein arrogantes Grienen im Gesicht. Er konnte sich des Gefühls nicht erwehren, dass er sich aus irgendeinem Grund, den er noch nicht kannte, unangreifbar fühlte. Pablo bildete sich etwas ein auf seine gute, intuitive Menschenkenntnis, aber im Moment schien sein Instinkt zu versagen. Nichts passte zusammen. Wenn es stimmen sollte, dass Alabi Ellen Blunt betäubt hatte, warum dann die angeblichen blauen Flecken? Er musste dann doch keine Gewalt anwenden. Er war überzeugt, dass irgendeine der beteiligten Personen ihn für dumm verkaufen wollte und ihm dreiste Lügen servierte. Es ärgerte ihn, wenn er nicht durchschauen konnte, was gespielt wurde. Aber alles das war nichts gegen sein Missbehagen, wenn er vorgeführt wurde. Pablo dachte dabei an den triumphierenden, feisten Blick, den Erwin Kupka ihm zugeworfen hatte, als er vorhin, Ellen Blunt hinter sich herziehend, in sein Büro gestürmt war.

»Wir müssen herausbekommen, wann die Blunt die Klinik von Alabi verlassen hat. Checke bitte die Verbindungsdaten ihres Handys und die Taxizentrale«, sagte Pablo zu Imke, als sie wieder alleine waren. »Ich werde versuchen, einen Beschluss für eine Wohnungsdurchsuchung bei Kupka zu bekommen. Ich lass mich doch von diesem Typen nicht verarschen.« Letzteres brummelte er, fast unverständlich für Imke, vor sich hin.

Am nächsten Tag beantragte Pablo Rubin einen Durchsuchungsbeschluss für Kupkas Wohnung noch für diesen Freitag wegen dringenden Tatverdachts und Verdunkelungsgefahr. Der zuständige Staatsanwalt lehnte den Eilantrag vorerst ab. Er müsse den Sachverhalt erst noch genauer prüfen. So dringend sei die Sache wohl auch nicht, als dass sie nicht bis Montag warten könne, und fügte dann noch hinzu, Pablo solle sich mal ein ruhiges Wochenende gönnen und das schöne Wetter auskosten.

Pablo legte den Hörer wütend auf.

»Du kannst nach Hause gehen. Der Herr Staatsanwalt will sein Wochenende genießen, und wir sollen uns ihm anschließen«, sagte er sarkastisch zu Imke, als er an ihr mit eiligen Schritten vorbei stürmte, um möglichst schnell einen großen Abstand zwischen sich und dem Präsidium zu gewinnen.

Aber es gelang ihm nicht, den ganzen Ballast, dem er zu entkommen versucht hatte, vor seiner Haustür in der Danneckerstraße in Frankfurt-Sachsenhausen zu deponieren. Er ging ins *Wüsteneck* in der Textorstraße zu Markus Wüst, der vor langer Zeit sein Lehrerstudium an den Nagel gehängt hatte. Anstatt zu studieren, hatte er sich seinen Traum erfüllt und eine Kneipe eröffnet und verbrachte seither seine Abende hinter der Theke oder beim Pokern und die Sonntage auf der Rennbahn mit Pferdewetten.

Seit nun über zwei Stunden redete Pablo sich am Tresen seinen ganzen Frust über Liz, über den Staatsanwalt, über sich und die Welt von der Seele. Eine trinkfeste, pausbäckige, mollige Zuhörerin mit einer tiefgründigen Stimme und schwarzen Liz-Taylor-Augen lieh ihm geduldig ihr Ohr. Sie strahlte ihn mit ihrem runden Vollmondgesicht fortwährend an und ließ ihn reden, ohne zu unterbrechen. Der Bierdeckel füllte sich mit den Strichen für die diversen Lagen von Bier und Korn, und Pablo stieg der Alkohol allmählich zu Kopf, während seine Saufkumpanin die nicht unbeträchtlichen Mengen von Alkohol scheinbar ohne Anzeichen von Trunkenheit wegsteckte. Als Markus schließen wollte und seinen Freund fragte, ob er ihn nach Hause begleiten solle, winkte er ab und betrachtete seine Seelentrösterin. Sie lächelte ihn sanft an und nickte nur mit dem Kopf. Beide verließen gemeinsam das *Wüsteneck*. In seiner Wohnung tranken sie noch ein paar Absacker. Im Bett kuschelte sie sich an Pablo. Sie fühlte sich warm und weich an und er sich behaglich und geborgen wie ein Kind. Die Erlebnisse des Tages verschwammen und er schlief an ihrer üppigen Brust ein.

Als Pablo am nächsten Tag aufwachte, war sie schon weg und auf seinem Nachttisch lag ein Blatt

Papier mit einer schönen, schwungvollen Handschrift.

Es war ein schöner Abend mit dir. Ich bin glücklich, dass ich dich ein wenig von deinem großen Kummer befreien konnte, wenn auch nur verbal und nur auf Zeit. Ich habe dich schon des Öfteren im Wüsteneck gesehen, aber leider hattest du mich nie bemerkt. Umso mehr habe ich letzte Nacht genossen ...

Mach's gut, Pablo. Schlaf deinen Brummschädel aus. Vielleicht sieht man sich mal wieder, falls du dich dann noch an mich erinnerst.

Sonja.

Er ging in die geräumige Wohnküche, um sich eine Aspirintablette einzuwerfen. Er konnte sich nur noch erinnern, dass er mit dieser Sonja das Wüsteneck verlassen hatte. Sie hatte neben ihm im Bett gelegen. Und dann? Alles war wie ausgelöscht. Er konnte sich nicht einmal mehr daran erinnern, ob er mit ihr geschlafen hatte.

Pablo schaute geistesabwesend auf den kinderlosen Schulhof der Grundschule, der sich auf der gegenüberliegenden Seite der Straße befand. Dann befolgte er den Rat seiner aufgeweckten, vernünftigen Frau, von der er nichts als den Namen kannte, und legte sich nochmals ins Bett.

Kapitel 8

Sine saß auf ihrer Terrasse, trank, nur mit einem Bikini bekleidet, ihren Frühstückskaffee und blinzelte in die Sonne, die nun schon seit über einer Woche ungehindert vom Himmel strahlte und die Stadt tagsüber in einen Glutofen verwandelte. Sacht, als atme er, spürte sie den Wind in ihrem Gesicht und die wärmenden Sonnenstrahlen streichelten ihren Körper.

Das Festnetztelefon klingelte. Da ihre Freunde und Freundinnen alle nur die Handynummer von ihr besaßen und außerdem samstags nicht so früh anrufen würden, konnte es nur ihre Mutter Susanne sein. Das Verhältnis zu ihr hatte sich seit dem Tod ihres Vaters nicht gebessert. Als er starb, hatte die Mutter in ihrem Schlafzimmer auf dem Nachttisch eine Art Altar aufgebaut, mit seinem Bild gesprochen und ihn gebeten, sie zu holen. Als er dies seiner Frau verweigert hatte, hatte sie es selbst in die Hand genommen, zu ihm zu gehen. Sine musste mit ihrem Schmerz über den Tod ihres Vaters alleine zurechtkommen, die Mutter hatte für sie keinen Blick, keine Energien übrig. Sie beobachtete, wie ihre Mutter dahinschwand, langsamer wurde und weniger, leiser. Sine war wenig über zwanzig gewesen, unerwachsen, unvorbereitet, hilflos, als Susanne zwei Wochen nach dem Tod ihres Mannes versucht hatte, sich das Leben zu nehmen.

»Hast du das gelesen! Das ist unglaublich. Ich habe dir gleich gesagt, dass das nicht gut gehen kann.«

»Was hast du gelesen?«

»Nun, über Amos. Die Vergewaltigung! Furchtbar! Du tust mir so leid, Sine.«

»Was für eine Vergewaltigung. Spinnst du jetzt, Susanne?«

»Das musst du ja sagen, du Arme. Ich könnte es auch nicht ertragen, wenn so etwas über meinen Mann geschrieben worden wäre. Aber du musst der Wahrheit ins Gesicht sehen. Die Zeitung würde so etwas nie veröffentlichen, wenn sie nicht gesicherte Erkenntnisse hätte.«

»Ach Mutter, du hast Amos noch nie gemocht. Ich habe nicht die geringste Ahnung, woher diese Antipathie fußt. Ist es vielleicht deswegen, weil er dunkelhäutig ist?«

»Was unterstellst du mir! Ich hatte einfach ein ungutes Gefühl. Nenne es von mir aus mütterlichen Instinkt. Er hat etwas Animalisches an sich…«

»Du bist doch nicht bei Trost. Ich will mit dir nicht weiter darüber reden«, unterbrach Sine ihre Mutter, legte auf und musste tief durchatmen.

Wir haben uns noch nie verstanden. Ist es deswegen, weil ich nicht ihren durch die vorherrschenden kulturellen Stereotypen geprägten Erwartungen von Frau entspreche, die sich über Körper, Natur, Gefühl und Weichheit definiert, ich aber für mich das in Anspruch nehme, was eher mit Männlichkeit assoziiert wird: Intellekt, Geist und Entwicklung eigener Ideen. Bin ich deswegen in ihren Augen hassenswert? Verurteilt sie mich, weil ich als Frau es wage, aufzumucken, meine Bildung und mein Wissen nicht unter den Scheffel stelle, meine Verdrängungen und Hemmungen überwinde und mich einmische, mich öffne und, wie die Männer, Respekt einfordere? Ist das unweiblich?

Sine holte die Samstagsausgabe ihrer abonnierten Zeitung aus dem Briefkasten.

‚Junge Deutsche von einem in Frankfurt lebenden Schwarzen vergewaltigt? Die Polizei hält sich noch bedeckt, aber so viel sickerte aus dem Polizeipräsidium durch, wo der Fall von Hauptkommissar Pablo Rubin bearbeitet wird, dass der Tatverdächtige bereits verhört worden sei. Es soll sich dabei um einen 40-jährigen bekannten Frankfurter Arzt für ästhetische-plastische Chirurgie und Sohn eines nigerianischen Diplomaten handeln.‘

Sine starrte auf die paar Zeilen. Eine Notiz am Rande nur, aber was für einen ungeheuren Sprengstoff barg sie. Alles, was Amos sich mühsam aufgebaut hatte, stand in Gefahr mit einem Federstrich zerstört zu werden.

Trotz der Hitze fröstelte es sie innerlich. Sie zitterte am ganzen Leib ... Und dann tauchte plötzlich der Gedanke auf: was wäre, wenn ... Sie schüttelte heftig den Kopf, als ob sie auf diese Weise die Abstrusität aus sich herausschütteln könnte. Sie lief nervöse Kreise im Zimmer. Sie räumte den Tisch ab. Im Badezimmer betrachtete sie sich im Spiegel und stellte sich die Szene vor. Ihr wurde schlecht und schwindelig. Sie tastete sich mühsam an der Wand entlang zur Küche, trank ein Glas Wasser und setzte sich erschöpft auf einen Küchenstuhl.

Nein, es ist nicht die Wahrheit. Es kann nicht, es darf nicht wahr sein.

Ich kann es nicht mehr ertragen! Die Unwucht in meinem Seelenleben hat sich in den letzten Wochen und Monaten bedenklich vergrößert. Es hat nichts mit Amos zu tun, der mir mehr denn je eine Hilfe ist. Vielmehr geben sich Wut- und Ohnmachtsgefühle dank der Dauerberieselung mit Horrormeldungen die Hand. Das, was nun in meinem unmittelbaren sozialen Umfeld geschieht, vernetzt sich mit den Ereignissen in der Welt. Sobald ich den Fernseher anma-

che, die Zeitung aufschlage oder die Nachrichtenportale im Internet öffne, nahezu jeden Tag werde ich von Schreckensmeldungen heimgesucht: Terroranschläge in Thailand, Irak und Afghanistan mit dutzenden von Todesopfern, Bomben in der Ukraine, in Syrien, Libyen und Jemen, denen Tausende zum Opfer fallen, Gräueltaten, Vergewaltigungen und Enthauptungen des Islamischen Staates in seinem Einflussgebiet, Putschversuch in der Türkei, den Erdogan für seine diktatorischen Bestrebungen ausbeutet, Amokfahrt eines außer Kontrolle geratenen Islamisten in Nizza, Beil-Attacke eines erst 17-jährigen Flüchtlings aus Afghanistan in einem Zug bei Würzburg, Blutbad eines Amokschützen in einem Einkaufscenter in München mit neun Toten, fünfzehn Tote in Berlin, Wildwestszenen in den USA, wo Polizisten fast täglich in Schießereien mit schwarzen Jugendlichen verwickelt sind, oder sich damit beschäftigen, wieder einmal einen schießwütigen Amokläufer zur Strecke zu bringen und nicht zuletzt der von modrigem Schmutz triefende Wahlkampf in den Vereinigten Staaten, der einen schaudern lässt.

Wenn ich mir jemals wieder ohne Schuld ins Gesicht sehen will, darf ich Amos mit diesem schreienden Unrecht nicht alleine lassen. Amos ist kein Savonarola der Tugend. Wer hat das geschrieben? Ich erinnere mich nicht mehr. Aber es passt auf ihn. Nein, das ist er wirklich nicht. Er muss es auch nicht sein. Mit solch einem Mann könnte ich nichts anfangen.

Ich will nicht mit eigenen Händen Mauern um mich bauen, in denen ich, wenn ich nichts tun würde, unentrinnbar eingefangen wäre. Ich will nicht wie eine Schuldige in einem Gefängnis sitzen, in dem ich Gefangene und zugleich eigener Wärter bin. Beides will ich nicht sein.

Sine duschte sich die schlechten Gedanken aus dem Kopf. Sie strömten aus ihr heraus und perlten von ihrem Körper in den Abfluss. Sie setzte eine grimmige Miene auf, zog sich ein knallrotes T-Shirt und gelbe Röhrenjeans an und hoffte mit ihrem bunten Outfit ihrer inneren Verzagtheit ein wenig entgegenwirken zu können.

Als sie in die Straße *Am Leonhardsbrunn* einbog und vor Amos' Klinik *InLinea* parkte, sah sie die für jeden von weitem sichtbaren Schmierereien an der Mauer, die das Grundstück zur Straßenseite hin abschirmte. Ältere Machwerke, die Amos anscheinend übertünchen ließ, sind erneut übermalt worden. Sie erschrak. Die Realität war ekelhaft brutal. Sie drückte den Klingelknopf zu Amos' Privatwohnung.

Eine hübsche, großgewachsene Frau, mit tiefschwarzer Hautfarbe öffnete die Tür. Sie trat überrascht einen Schritt zurück. Sie trug einen knöchellangen bunten Rock, hochhackige Sandalen und als

Oberteil eine ärmellose dunkelgrüne Seidenbluse. Ihre großen, in dem tiefschwarzen Gesicht schneeweiß leuchtenden Augen taxierten sie argwöhnisch.

»Was kann ich für Sie tun?« fragte sie mit tiefer Stimmlage, die im Kontrast zu ihrem schlanken, feingliedrigen Körper stand.

Sine sagte ihr, dass sie Amos Alabi sprechen wolle.

Die Frau musterte sie kühl.

»Darf ich fragen, wer Sie sind und in welcher Angelegenheit Sie ihn sprechen wollen?«

Sine nannte ihr ihren Namen und sagte etwas steif, dass ihre Angelegenheit privater Natur sein.

Die Lippen, auf die die junge Frau ein hellglänzendes Rot gelegt hatte, verzogen sich zu einem einladenden Lächeln.

»Ah, Sie sind die Freundin von Amos. Richtig? Entschuldigen Sie mein Misstrauen. Aber es ist so viel passiert in letzter Zeit, da ist wohl ein gewisser Argwohn nicht fehl am Platz. Amos hat mir viel von Ihnen erzählt. Es freut mich, Sie kennenzulernen, Frau Kühn.«

»Mit wem habe ich das Vergnügen? fragte Sine irritiert und musterte ihr Gegenüber argwöhnisch.

»Mein Name ist Ada Ababi. Ich bin eine Freundin von Amos.«

Sine nickte.

Freundin? Sie bezeichnet sich als Freundin? Sie tritt sehr selbstsicher auf und fühlt sich hier offenbar wie zu Hause. Welches Spiel wird da gespielt? Amos hatte doch schon vor Monaten mit ihr Schluss gemacht. Weit vor meiner Zeit. Was macht sie hier?

»Aber kommen Sie doch bitte rein. Auf der Straße lässt sich schlecht sprechen.«

Ada geleitete Sine in Amos' Wohnung und, obwohl Sine jeden Winkel und jeden Gegenstand kannte, fühlte sie sich als Fremde, als Eindringling. Sie sah sich um. Sie waren allein. Als sie fragte, wo Amos sei, sah Ada sie überrascht an.

»Er ist auf dem Polizeipräsidium. Heute Morgen bekam er einen Anruf und man bat ihn, kurzfristig zu kommen. Hat er Ihnen nicht Bescheid gesagt?«

Sine schüttelte den Kopf.

Warum sagt er mir nichts? Was ist nur los mit ihm? Schämt er sich, mir zu sagen, wessen er beschuldigt wird? Ist doch etwas dran an dem Vorwurf? Spielt er ein doppeltes Spiel mit mir?

»Was machen Sie hier in seiner Wohnung? Ich dachte, Sie sind wieder in Nigeria«, hörte Sine sich sagen.

»Normalerweise lebe ich in Abucha, richtig. Aber zurzeit findet hier in Frankfurt ein Kongress des *National Council of Women's Societies* statt, auf dem ich als Vertreterin des Nigerianischen *Women's Aid Collective* einen Vortrag halten darf. Und Amos hatte mir angeboten, bei ihm übernachten zu können.«

»Das ist aber nett von ihm«, sagte sie. Der Satz war ihr im Tonfall etwas zu spitz geraten, und sie wusste nicht genau, ob Ada es gespürt hatte. Aber sie konnte das Missbehagen, die aufkommende Bitterkeit darüber, dass Amos sie nicht eingeweiht hatte, nicht ganz unterdrücken.

»Dann haben Sie also vor noch einige Zeit hier in der Wohnung von Amos zu bleiben?«

»Der Kongress dauert vier Tage. Amos hat mir aber angeboten, noch etwas länger bleiben zu können. Mein Bruder ist auch hier in Deutschland, in Berlin. Tayo hat dort noch eine Woche zu tun und will dann nach Frankfurt kommen. Wir könnten dann von hier zusammen nach Nigeria zurückfliegen. Also, wenn Amos einverstanden ist, würde ich gerne noch eine gute Woche hierbleiben.«

»Wie ich ihn kenne, ist er sicher einverstanden«, sagte Sine mit einem Hauch von Sarkasmus, der aber offensichtlich nicht von Ada wahrgenommen oder aber von ihr taktvoll überspielt wurde.

»Ich denke auch. Er ist in der Tat so liebenswürdig und gastfreundlich. Entschuldigen Sie bitte, ich habe Sie gar nicht gefragt, ob ich Ihnen etwas anbieten darf.«

Sine fühlte sich schrecklich unbehaglich und wollte so schnell wie möglich weg von diesem Ort, an dem sich die Frau aus Nigeria eingenistet hatte und den sie vollkommen ausfüllte. Sie hatte keine Luft zum Atmen neben dieser, das musste sie sich eingestehen, ausnehmend hübschen und ausdrucksvollen Person.

»Ich habe leider keine Zeit. Danke für das Angebot, aber ich muss wieder gehen.«

»Schade, dass Sie nicht noch etwas bleiben können. Ich hätte gerne mit Ihnen noch etwas geplaudert. Und lange kann es nicht mehr dauern, bis er zurückkommt«, sagte sie freundlich lächelnd.

Zu Hause öffnete Sine ihren Laptop und las nach, was dort über *Women's Aid Collective* stand:

Headquarter: Federal Capital Territory Abuja, Nigeria. It is an independent, non-governmental, nonprofit organization. WACOL (Women Aid Collective) is gender conscious and work towards gender equality and human rights for all. It exists to help women and young people whose rights are threatened and / or have been denied and who are subjected to physical, mental, and/or sexual abuse. The aim of WACOL is to increase legal protection and fight for better choices for abused women and children.

Eine Frau, die wusste, was sie wollte. Politisch engagiert und augenscheinlich erfolgreich. Eine Powerfrau. Das passte zu Amos. Warum hatte er sich damals für mich entschieden? Hatte er es sich jetzt vielleicht doch wieder anders überlegt?... Nur ein einziges Mal sagen können: das ist klar, unzweideutig, offenkundig und ich wäre gerettet. Aber bei Amos kommt mir alles unscharf und sehr kompliziert vor.

Ein gelungener Dialog ist immer auch ein Wiedererkennen, hat mein Vater einmal gesagt. Das heißt, wenn ich verstehen will, was Amos sagt oder meint, muss ich im Grunde das, was er sagt oder meint, immer schon wissen. Weiß ich, wie und was Amos denkt? Weiß ich, wer er ist?

Sine wollte sich auf andere Gedanken bringen und holte das Buch von Teju Cole aus dem Bücherschrank, das ihr eine andere Welt öffnete. Als sie gerade anfing *Open City* zu lesen und den gebürtigen Nigerianer, der in New York aufgewachsen war, bei seinen Streifzügen durch Manhattan begleiten wollte, schreckte sie die vertraute Lucy-Jordan-Melodie von Marianne Faithfull auf.

Es war Amos.

»Es tut mir leid, dass du heute Nachmittag umsonst zu mir gekommen bist, aber ich musste zur Polizei.«

»Warum hast du mir nicht gesagt, dass du der Vergewaltigung bezichtigt wirst und zur Polizei musst?«

»Ich wollte dich nicht beunruhigen. Es ist nichts, aber auch gar nichts dran an der Anschuldigung.«

»Ich verstehe dich nicht. Du hältst mich mit allem außen vor, den Schmierereien vor deinem Haus, den ungeheuren Anschuldigungen und ich weiß nicht, mit was sonst noch allem. Siehst du nicht, dass ich davon auch zutiefst betroffen bin? Was wollte die Polizei von dir?«

»Diese Frau hat Anzeige erstattet. Aber darum ging es nur zweitrangig. Ehrlich gesagt, ich habe nicht genau verstanden, was die von mir wollten. Sie fragten, wo meine Eltern in Nigeria gewohnt haben, welcher Volksgruppe sie zugehörten und wie oft ich nach Nigeria fahren würde, ob meine Großeltern noch lebten, ob ich Freunde in Nigeria habe, ob sie auch gelegentlich bei mir wohnen würden, ob ich in meiner Klinik auch Patienten aus Nigeria behandelt habe und so weiter. Ein wirres Durcheinander. Erst nach Stunden haben sie mich wieder entlassen. Ohne eine weitere Erklärung. Aber lassen wir das. Was wolltest du von mir? Ada hat mir gesagt, dass du nur kurz da warst. Hat sie dir nichts angeboten?«

»Doch, doch, sie war sehr freundlich, deine hübsche Freundin Ada«, sagte Sine spitz.

»Warum warst du bei mir, so ganz ohne Voranmeldung?«

»Muss ich mich anmelden, wenn ich zu dir will?«

»Nein, natürlich nicht. Aber normalerweise telefonieren wir vorher. Es kann doch immer mal sein, dass man nicht zu Hause ist.«

»Das, was ich heute in der Zeitung gelesen habe, war so alarmierend, dass ich spontan losgefahren bin.«

»Was stand in der Zeitung?«

»Dass du eine Frau vergewaltigt hast!«

»Oh, das ist mir neu, dass von dieser Sache schon etwas in der Zeitung steht. Aber nochmals, Sine, da ist nichts dran. Diese Frau Blunt war bei mir zu einem Beratungsgespräch und behauptet, ich hätte sie betäubt und dann missbraucht. Das ist absurd. Ich werde meine Unschuld beweisen.«

»Wie willst du das machen? Du weißt, dass in solchen Fällen die Beweislage sehr schwierig ist und eine Tendenz besteht, erst einmal den Frauen Glauben zu schenken.«

»So absurd kann die Welt nicht sein.«

Was ist Amos doch gutgläubig! Ihn kann wohl nichts aus der Ruhe bringen. Alles ist geordnet, die Welt ist gerecht und jeder bekommt sein Recht. Wo lebt Amos eigentlich? Ist er wirklich so naiv? Oder spielt er nur den Ahnungslosen, Harmlosen und wickelt die Menschen damit ein.

Würde ich es spüren, wenn er mit Ada geschlafen hätte?

»Kann ich dir vertrauen, Amos?«

»Ja, Sine, du kannst. Ich würde dich nie belügen und ich werde mich bessern und dich in Zukunft rechtzeitig in alles einbeziehen. Ich brauche dich, jetzt mehr denn je, mein Schatz.«

Sagen die Männer nicht immer ‚mein Schatz', wenn sie das Gegenteil meinten? ... Wie wäre es, wenn ich mit ihm wegfahren würde, dann könnten wir über alles reden?

»Möchtest du in mein Haus im Spessart fahren? Ein bisschen Abstand von dem Trubel hier täte dir sicher gut.«

»Ich mit dir?«

»Natürlich, mit wem denn sonst. Hast du keine Lust? Oder machst du dir Gedanken wegen Ada?«

»Nein, sie käme alleine zurecht. Ich würde liebend gern...«

»Aber?«

»Ich darf nicht.«

Wollte er nicht? Warum?

»Ich verstehe nicht. Was heißt, du darfst nicht?«

»Die Polizei hat mich gebeten, ihr in den nächsten Tagen zur Verfügung zu stehen und Frankfurt nicht zu verlassen.«

»Was bedeutet denn das wieder? Mit was für einer Begründung?«

»Ohne Begründung. Sie sagten, sie dürfen darüber nicht reden.«

»Das gibt es doch nicht. Wir leben doch nicht in einem Polizeistaat. Du musst dir unbedingt einen Anwalt nehmen. Der darf Akteneinsicht verlangen.«

»Das habe ich auch vor. Aber lass dich deswegen nicht abhalten, in den Spessart zu fahren. Es wird dir guttun. Es wird sich alles aufklären. Ich komme hier schon zurecht, mein Schatz.«

Schon wieder ‚mein Schatz'. Früher hat er den Ausdruck nie benutzt. Er hat so bezaubernde nigerianische Kosenamen für mich. Manchmal sagt er ‚Faya', die Kurzform von ‚Fayola', zu mir, was in Yoruba ‚Die Glückliche' heißt. Oder er nennt mich auch ab und zu ‚Pupa', was in der Sprache seines Vaters rot bedeutete, wegen meiner roten Haare. Aber nie sagt er ‚mein Schatz'.

»Ich kann dir helfen. Wenn du Frankfurt nicht verlassen darfst, kannst du auch zu mir nach Hause kommen. Willst du?«

»Es ist lieb von dir, dass du dich sorgst, aber fahr du ruhig. Die Natur, die Stille wird dich auf andere Gedanken bringen. Ich erinnere mich noch lebhaft daran, als wir in dem Wald oberhalb deines Hauses Pilze suchten und in der Dämmerung dem Schweigen des Waldes lauschten. Wir verbrachten dort eine wunderbare, entspannte Zeit.«

Ich frage, ich bekomme Antworten und weiß doch nicht, was er denkt. Warum will er, dass ich fahre? Will er mich nicht in seiner Nähe haben?

»Ich bleibe hier«, sagte ich.

Kapitel 9

Am Montag fuhr Pablo Rubin früh in sein Büro in der Adickesallee. Er wunderte sich, dass der Staatsanwalt, der selten vor zehn Uhr erschien, ebenfalls im Präsidium war und ihn zu sich in den Besprechungsraum bat. Pablo setzte sich an den Konferenztisch und wartete auf Josef Sänger. Dieser kam nicht allein. Er wurde begleitet von einem Herrn in dunkelblauem Anzug, dunkelvioletter Krawatte und hellrosa Hemd. Er hatte ihn hier im Präsidium noch nie gesehen.

Als er ihn beobachtete, kam Rubin, der Stefan Zweig sehr verehrte, spontan dessen Beschreibung von Fouché in den Sinn: Hagerer, gespenstisch dürrer Leib, ein schmalknochiges Gesicht mit eckigen Linien. Dünnes, strähniges Haar, kaum sichtbar die Augenbrauen, graufahl die Wangen. Scharf die Nase, eng der verschlossene Mund, blutleere Lippen, fischhaft kalte Augen unter schweren, fast schläfrigen Lidern, die Pupillen katzengrau wie kugeliges Glas. So ungefähr hatte er Zweigs Charakterisierung in Erinnerung. Exakt wie Sängers Begleitung hatte er sich damals den ›Mitrailleur de Lyon‹ in der Zeit der Französischen Revolution und späteren Polizeiminister im Kaiserreich vorgestellt, als er die Passage gelesen hatte. Es bestand eine vollkommene Übereinstimmung zwischen diesen beiden Herren. Der Fouché-Doppelgänger setzte sich stumm auf einen Stuhl und legte seine gefalteten Hände auf den Tisch. Während Sänger sprach, blieb Freud, so hatte der Staatsanwalt den Gast vorgestellt, unbeweglich mit geradem Rücken sitzen und nur seine schmalen Lippen kräuselten sich dann und wann zu einem angedeuteten, zwischen höflich und höhnisch changierenden, Lächeln.

»Das, was ich Ihnen jetzt sage, ist streng vertraulich und darf dieses Zimmer nicht verlassen«, sagte Josef Sänger. »Ich muss mich auf Sie ganz verlassen können, Herr Rubin.«

Sänger sah Rubin streng an: »Kann ich mit Ihrer Verschwiegenheit rechnen?«

Rubin nickte.

»Geben Sie mir ihr Wort? Mit dem, was ich Ihnen sage, werden Sie zum Geheimnisträger. Sie wissen, was das bedeutet?«

»Nein.«

»Sie machen sich strafbar, wenn Sie diese Informationen verraten und müssen mit einem Disziplinarverfahren rechnen.«

»Bei so viel Geheimnistuerei bin ich aber sehr gespannt, was Sie mir anvertrauen wollen«, sagte Rubin ironisch.

»Wir meinen es ernst«, sagte Sänger und Freud nickte und blickte Rubin mit seinen Fischaugen kalt an.

Rubin nickte ebenfalls mit dem Kopf und konnte seine Augen nur schwer von der bizarren Gestalt, die Freud verkörperte, lösen.

»Gut, wenn das klar ist, bitte ich Sie genau zuzuhören und meine Anweisungen zu befolgen. Wie Sie sicher gelesen haben, tummeln sich in Hessen – aber nicht nur hier – einige rechtsgerichtete Organisationen, die wir, das heißt die Leute vom Verfassungsschutz im Auge behalten müssen. Von der einen oder anderen Gruppe haben Sie vielleicht schon etwas gehört. Alle diese Gruppen, ich nenne nur beispielhaft *Oldschool Society, Reichsbürger, Identitäre Bewegung, Nationale Sozialisten Rhein-Main, Weißer arischer Widerstand, Blood and Honour, Combat 18, Kameradschaft Jena* und *Thüringischer Heimatschutz,* sind gut organisiert und nach außen abgeschottet. Es ist schwer an Insiderinformationen heranzukommen und Erkenntnisse über geplante Vorhaben zu gewinnen, ohne in die Strukturen selbst einzudringen.«

Sänger schaute zu Freud, der mit versteinertem Gesicht zum wiederholten Male nickte, sonst aber keine Miene verzog.

»Das alles braucht Zeit und ist mühsam, wie Sie sich denken können. Und wir sind froh, dass uns das bei der einen oder anderen wichtigen Organisation gelungen ist. Dies dürfen wir nicht aufs Spiel setzen und müssen abwägen, welche Interessen vorrangig sind.«

Pablo Rubin wurde unruhig. Er verstand nicht, worauf das Gespräch hinauslaufen sollte und was das alles mit ihm zu tun haben soll.

Freud bemerkte seine Unruhe und griff das erste Mal in das Gespräch ein: »Sie werden gleich begreifen. Noch einen kleinen Moment Geduld«, sagte er tonlos.

»Sie verstehen? Uns sind in diesem Fall wegen übergeordneter Interessen die Hände gebunden, Weisung von ganz oben« sagte Sänger.

»Es tut mir leid, Herr Sänger, ich begreife überhaupt nichts. Sie müssen sich schon präziser ausdrücken. Was für eine Weisung? An welchen Fall denken Sie? Wer bindet uns die Hände?« fragte Pablo.

»Das tut nichts zur Sache. Wir müssen uns der Staatsräson unterwerfen. Das bedeutet im anstehenden Fall Kupka, dass Sie davon abgezogen werden. Die weiteren Ermittlungen gegen Kupka werden vorerst eingestellt und falls doch weitere Untersuchungen notwendig werden sollten, fallen diese ab sofort in die Zuständigkeit des Landeskriminalamts. Wenn Sie weiter ermitteln würden, gefährden Sie möglicherweise Menschenleben.«

Pablo erhob sich so abrupt, dass sein Stuhl umkippte.

»Das geht nicht. Wir haben Beweise gegen ihn und wir werden noch mehr finden. Davon bin ich überzeugt.«

»Doch, das geht. Anweisung vom Justizministerium und Innenministerium. An die sind wir gebunden«, sagte Freud barsch.

»Nicht mit mir. Wollen Sie etwa den Einbruch in die Galerie von Herrn Alabi ungesühnt lassen und den rechtsradikalen Rufmord an ihm nicht strafrechtlich verfolgen?«, sagte Pablo aufbrausend.

»Wir ermitteln – und das dürfte ich Ihnen gar nicht sagen – gegen Alabi noch in einer anderen Sache mit terroristischem Hintergrund. Es steht viel auf dem Spiel. Wollen Sie riskieren, dass unschuldige Bürger von Terroristen getötet werden?«, sagte Freud, der auf Argumente nur mit dem Ohr eines Spitzels zu hören in der Lage war.

»Alabi ist ein angesehener Bürger unserer Stadt. Ich kann mir das nicht vorstellen.«

»Was Sie sich vorstellen können, entzieht sich meiner Kenntnis. Aber Sie als Kriminalbeamter dürfen der Realität nicht aus dem Weg gehen und müssen die Welt so nehmen wie sie ist. Und sie ist schlecht und oft grausam«, sagte Freud leidenschaftslos.

»Also halten Sie sich daran, keine Ermittlungen mehr gegen Kupka und kein Sterbenswort zu Alabi. Haben Sie verstanden, Herr Hauptkommissar? Das ist ein dienstlicher Befehl.«, mahnte Sänger Pablo Rubin.

»Alabi ist selbst Opfer des rechten Terrors, der von Leuten wie Kupka ausgeübt wird. Wir *müssen* weiter ermitteln« versuchte sich Pablo zur Wehr zu setzen. »Es ist unsere Pflicht die Wahrheit herauszufinden, sowohl, was die diffamierenden Einträge im Internet, die den Ruf von Alabi beschädigen, als auch den Einbruch und den Vergewaltigungsvorwurf betreffen. Ich habe Indizien dafür, dass alle diese Aktivitäten zusammengehören und unter anderem von Kupka gelenkt werden.«

»Sie haben gehört, was Herr Sänger gesagt hat. Es gibt dazu von meiner Seite nichts mehr hinzuzufügen«, sagte Freud, stand auf, nickte kurz mit dem Kopf und wandte Rubin den Rücken zu, ohne ihn noch eines Blickes für würdig zu erachten. Für ihn war das Gespräch beendet. Pablo blickte zu Sänger, der ihm andeutete, noch zu bleiben. Sänger begleitete Freud zur Tür, verabschiedete sich von ihm und kam etwas verlegen lächelnd zu Pablo zurück.

»Die Herren vom Verfassungsschutz haben ihre Profession verinnerlicht. Ihre oft verdeckte, nichtöffentliche Tätigkeit färbt ab. Irgendwann werden anscheinend das geheimniskrämerische Gehabe und die wortkarge Ausdrucksweise zu ihrer zweiten Natur. Ich würde Sie ja gerne eingehender über diese Sache informieren, aber sehr viel weiß ich auch nicht, Herr Rubin. Nur so viel: anscheinend arbeitet Kupka in irgendeiner Weise für das Hessische Landesamt für Verfassungsschutz und liefert wertvolle Interna aus der rechten Szene. Was Alabi angeht, er wird, wenn ich das richtig mitbekommen habe, vom Bundesamt für Verfassungsschutz beobachtet. Er soll in seiner Klinik bei einem Mitglied der nigerianischen Terrororganisation Boko Haram das Gesicht operiert und diesem Tajo Abebi, der Name ist gefallen, so angeblich eine neue Identität verschafft haben. Deswegen vermutet das BfV und das LfV Hessen in Alabi einen Boko-Haram-Unterstützer. Aber bitte, Herr Rubin, das bleibt unter uns. Ich sage Ihnen das nur, um zu zeigen, dass es hier um eine ziemlich große Sache geht. Vielleicht können Sie dann etwas mehr Verständnis für die angeordneten Maßnahmen aufbringen.«

Jetzt erhob sich auch Sänger und ließ Pablo nachdenklich und ratlos zurück.

Er fragte sich, mit was für Leuten der Verfassungsschutz zusammenarbeitete. Kupka ein V-

Mann? Und als solcher soll er ungestraft Menschen diffamieren, rechte Parolen im Internet verbreiten und womöglich eine Vergewaltigung inszenieren dürfen?

Und was war mit Alabi und seinen Verbindungen zu Nigeria? Erst vor Kurzem hatte Pablo in der Zeitung einen längeren Artikel über die katastrophale Situation in dem Land mit mehr als zwei Millionen Binnenflüchtlingen gelesen. Der Bürgerkrieg, der dort seit sieben Jahren tobte, war, so schien es ihm, das Ergebnis jahrzehntelangen Staatsversagens. In den 80er-Jahren wurde Nigeria, ein Land mit über hundertsiebzig Millionen Einwohnern, von einer Wirtschaftskrise erschüttert, die die korrupte Regierung bis heute nicht in den Griff bekommen hatte, so der Bericht. Plötzlich verarmt, wandten sich viele Nigerianer religiösen Sekten zu. Seitdem war die Gesellschaft entlang der verschiedenen Glaubensüberzeugungen gespalten. Der Sufismus im Norden wurde durch den Salafismus abgelöst. Die alte Kultur des Respekts ging verloren zugunsten der Utopie der Sekte der Isala, einer religiös-konservativen Form des Salafismus. Radikale Prediger, allen voran Ustaz Mohammed Yusuf, der Gründer von Boko Haram, so glaubte sich Pablo zu erinnern, nutzten den Unmut vieler Nigerianer im Norden des Landes und schürten den Hass auf den von Christen geführten Staat, die vor allem im Süden ansässig waren. Zehntausende öffneten sich euphorisch den Ideen Boko Harams. Heute kämpfte die Terrormiliz in Nordnigeria gegen Regierung und Justiz mit brutaler Gewalt für ihre Utopie vom Kalifat. Boko Haram, was so viel wie *‚Bücher sind Sünde‘* bedeutete, verbot in diesem Sinn *westliche* Bildung und forderte die Abschaffung demokratischer Wahlen und die Einführung der Scharia in ganz Nigeria. Sie verübte Bombenanschläge auf belebten Märkten und Busbahnhöfen, entführte hunderte von Schulkindern, vergewaltigte und versklavte tausende von Frauen. Erst kürzlich las Pablo einen Bericht aus Maiduguri, der Hauptstadt der ostnigerianischen Borno-Provinz, wo seit Jahren einer der grausamsten Bürgerkriege tobte. Die dortige *Neem Foundation,* die Trauma-Opfer betreute, schilderte, wie Boko Haram hier zehnjährige Mädchen entführte und sie unter Drogen zu Selbstmordattentaten zwang. Jungen mussten ihre Eltern töten. Frauen wurden vor den Augen ihrer Ehemänner vergewaltigt, denen anschließend die Kehlen durchgeschnitten wurden, damit die Horrorbilder sie auf diese Weise im Jenseits bis in alle Ewigkeit quälen würden.

Pablo konnte und wollte nicht glauben, dass Alabi solch eine Terrororganisation unterstützen könnte. Er ging in sein Büro und ließ sich in seinen Schreibtischsessel sinken. Lauernde Müdigkeit überfiel ihn. Als Imke in sein Zimmer kam, sah sie ihn in sich versunken, sein Gesicht in seine Hände vergraben. Sie machte sich vorsichtig bemerkbar. Pablo rührte sich nicht. Sie ging zu ihm, berührte seine Schulter und sagte leise: »Frau Kühn ist hier, die Freundin von Alabi, und will dich sprechen.«

Müde hob er seinen Kopf und sah Imke an, ohne auf deren Ankündigung zu reagieren.

»Aus welchen Gründen könntest du dir vorstellen, dich einer Terrororganisation anzuschließen?«

Imke sah ihn verwundert an.

»Ich verstehe nicht. Ich würde mich nie solch einer Organisation anschließen. Wie kommst du darauf, mich so etwas zu fragen?«

»Ja, ja, ich weiß. Aber überlege mal, was könnten Gründe für einen Menschen sein, sich dafür zu begeistern?«

Imke ließ ihre Hand auf Pablos Schulter ruhen, schaute auf seine braungebrannte nackte Schädeldecke und überlegte lange.

»Am ehesten würde mir vielleicht einfallen: Abenteuer und Befreiung von bürgerlicher Enge und Kleinheit, Überwindung von alldem, was wir – bewusst oder unbewusst – als Saturiertheit und Erstarrung unserer Welt empfinden. Eine Terrororganisation wie der IS zum Beispiel ist ernst gewordene Phantasie, blutiger, heiliger Ernst, und zugleich für viele junge Menschen ein gewaltiges, berauschendes Abenteuer. Von so etwas könnte sich ein Jugendlicher angesprochen fühlen. Und, ich denke, darüber hinaus bedarf es noch so etwas wie einer Leidenschaft, eines religiösen Wahns, eines Glaubens an etwas Allmächtiges, Übermächtiges.«

Pablo hob seinen Kopf und schaute Imke anerkennend an.

»Da ist dir aber einiges in dieser kurzen Zeit eingefallen. Glaubst du, dass das, was du gerade aufgezählt hast, auf Alabi zutrifft?«

Imke lacht: »Nein, niemals. Alabi ist ein ganz anderer Typ Mensch. Zwar, wie ich vermute, auch leidenschaftlich und durchaus auch von hegemonialer Männlichkeit, aber bei alledem rational, von Vernunft durchdrungen, selbstbewusst, zielstrebig und unabhängig. Er glaubt wahrscheinlich an eine künftige Revolution von Gesinnungen und Moral, die alles Bisherige schamrot machen wird.«

Pablo drehte sich zu ihr um und nahm ihre Hand, die immer noch auf seiner Schulter ruhte, in seine Hand und drückte sie leicht, so als ob er sie beglückwünschen wollte.

»Du hättest Psychologin werden sollen. Bei der Polizei vergeudest du deine Talente.«

Imke lächelte, erfreut über das Kompliment aus seinem Mund.

»Ich denke, bei der Polizei kann man so etwas auch gebrauchen und nutzbringend einsetzen. Sucht die Polizei nicht auch nach der Wahrheit, nach dem, was den Menschen im Innersten bewegt und prägt?«

»Das sollte sie. Natürlich, das sollte sie, Imke. Aber tut sie das immer? Das Wahre suchen heißt nicht das Wünschenswerte suchen, sondern das aufzuspüren, was die Vernunft uns gebietet, als wahr zu erkennen und zu begreifen. Was ich nicht begreife, ist ohne Vernunft. Wie oft bleibt die Wahrheit auf der Strecke, wird die Vernunft vergewaltigt, die Wirklichkeit verschleiert. Wie oft wird der Mensch daran gehindert, der Vernunft zu folgen und zu tun, was vernünftig wäre. Natürlich hat die Vernunft, das Instrument des Denkens, ihre Grenzen, aber, wenn ich die Grenzen der Vernunft kenne, leugne ich sie doch nicht, sondern ich relativiere nur ihre Macht.«

Imke beobachtete ihren Chef während seines philosophischen Exkurses mit offenem Mund. Noch nie hatte er so mit ihr gesprochen.

»Du hättest als Professor in einem philosophischen Oberseminar sicher auch keine schlechte Figur gemacht. Aber ich verstehe immer noch nicht, was du damit ausdrücken willst. Wer unterdrückt die Wahrheit, wer hindert uns vernünftige Schlüsse zu ziehen?«

Pablo stand auf, ging zum Fenster und schaute auf den fließenden Verkehr auf der Adickesallee.

»Darüber kann ich im Moment nicht sprechen. Hattest du vorhin nicht gesagt, dass Frau Kühn im Präsidium ist?«

»Ja, sie sitzt draußen im Flur.«

»Gut, hol' sie herein.«

Pablo Rubin ging Sine Kühn entgegen, reichte ihr zur Begrüßung die Hand und bat sie, auf dem Stuhl vor seinem Schreibtisch Platz zu nehmen. Die Jalousien waren heruntergelassen, trotzdem war es heiß in dem Büro und Sine rückte ihren Stuhl in den Luftstrom des Ventilators. Sie tasteten sich ein paar Sekunden gegenseitig ab, bis Pablo das Wort ergriff und sie fragte, was sie zu ihm führe.

Sine griff in ihre Handtasche und legte Pablo wortlos ein bedrucktes DIN-A4-großes Papier auf den Tisch.

Er las die paar Zeilen durch, zog die Augenbrauen etwas hoch und fragte Sine, wann sie das Schreiben erhalten habe.

»Es lag heute früh in meinem Briefkasten. Nicht nur Amos Alabi ist ins Fadenkreuz des rechten Mobs geraten, sondern ich jetzt auch. Ich verlange, dass Sie etwas dagegen unternehmen. Ich habe Angst. Richtige Angst, verstehen Sie.«

»Ich verstehe Sie, wenn ich auch sagen muss, dass alles nicht so heiß gegessen wie es gekocht wird. Trotzdem, es ist eine strafrechtlich relevante, widerliche Drohung, die ich sehr ernst nehme.«

Rubin rief Imke in sein Zimmer und gab ihr das Schreiben. Imke las laut den Text: *Wir wissen, wo du wohnst. Lass die Finger von diesem Nigger und Vergewaltiger. Deutsche Frauen müssen deutsches Blut reinhalten. Du weißt, was im Dritten Reich mit arischen Frauen passiert ist, die sich mit Juden eingelassen haben. Wir werden jeder Rassenschande entgegentreten.* DSA/BAF

»Was bedeutet eigentlich das Kürzel BAF?« fragte Imke.

»Braune Armee Fraktion. Wir sollten das Papier unbedingt kriminaltechnisch untersuchen lassen. Vielleicht finden wir Fingerabrücke oder andere Hinweise auf den Absender. Dürfen wir es hierbehalten, Frau Kühn.«

»Natürlich. Und wie können Sie mich schützen. Ich getraue mich kaum noch vor die Haustür. Ich werde bedroht, mein Freund wird öffentlich diffamiert und der Vergewaltigung bezichtigt. Glauben Sie mir, ich kenne ihn. Er liebt mich und würde nie, niemals einer Frau so etwas antun. Das ist alles geplant, um ihn, und jetzt auch mich, fertig zu machen.«

Pablo zeigte Verständnis dafür, dass sie aufgebracht war und sagte ihr, dass er dazu neige, ihrer Argumentation zu folgen. Aber es sei unerheblich, was er denke. Er brauche Beweise, Fakten, Spuren, die zu diesen Personen hinführen, um Anklage gegen sie erheben zu können. Er werde alles in seiner Macht Stehende tun, um den oder die Urheber dieses Pamphlets aufzuspüren.

»Dann rütteln Sie ihren Polizeiapparat wach. Sie haben doch überall V-Leute und Spitzel. Jetzt könnten Sie mal zeigen, dass sie auch zu etwas nützlich sind.«

Und wenn der V-Mann selbst der Akteur ist? Wenn der einzelne Bürger übergeordneten Interessen geopfert wird, fragte sich Pablo.

Diesen Gedanken verschwieg er ihr und erklärte Sine, dass die Polizei selbst über keine V-Männer verfüge und ganz allein auf das, was man gute Polizeiarbeit nannte, angewiesen war.

»Und was bedeutete dann das Verhör am Samstag? Was sollte die ganze Fragerei nach seiner Herkunft, seinem Umgang hier in Deutschland, ob er Freunde in Nigeria habe, wer seine Patienten sind. Und dann auch noch das Verbot, Frankfurt nicht verlassen zu dürfen. Das ergibt doch keinen Sinn. Sie machen das Opfer zum Täter. Stellen Sie sich das unter guter Polizeiarbeit vor, Herr Rubin?«

Rubin fühlte sich, als ob er einen Schlag mit einer Keule auf den Kopf bekommen hat. Er hatte von dieser Vernehmung nichts gewusst. Er schaute zu Imke, die nur den Kopf schüttelte, um anzudeuten, dass sie ebenso uninformiert war. Er überlegte fieberhaft, was er antworten soll.

»Was ihren Freund angeht, darf ich Ihnen leider keine Auskünfte zu den laufenden Untersuchungen geben, aber ich verspreche Ihnen, dass ich mich intensiv um die Angelegenheit kümmern werde.«

Pablo waren, was die Verbindung zu Kupka anging, die Hände gebunden und auch in Bezug auf den Terrorismusvorwurf konnte er im Moment nichts unternehmen. Aber er hatte ja noch die Blunt. Da hatte er freie Hand – und die Blunt wohnte bei Kupka.

Als Sine gegangen war, fragte er Imke: »Hast du noch etwas über Ellen Blunt herausgefunden? Setz dich da mit Hochdruck dran. Wir sollten ihr so bald wie möglich einen unangemeldeten Hausbesuch abstatten.«

Kapitel 10

Ich habe das Gefühl, die Polizei mauert. Irgendetwas stimmt nicht. Warum wirkte dieser Rubin so verstört, als ich ihm von dem Samstagsverhör berichtete? Und dann der Blick zu seiner Mitarbeiterin. Nein, da ist noch etwas Anderes im Gang, von dem ich keine Ahnung haben.

Vielleicht wissen sie mehr über den Vergewaltigungsvorwurf? Ist da doch etwas dran?

Ich habe eine Scheißangst. Ich weiß nicht, was da läuft, bei der Polizei und bei den Rechten. Ich brauche eine wirksame Waffe. Ich muss mich selbst wehren können. Ich kann mich nur auf mich selbst verlassen, hatte mein Vater gesagt.

Ich muss etwas tun mit mir oder ich werde mich verlieren.

Ich fühle mich einsam, schrecklich einsam.

Sie erinnerte sich, dass es sich jetzt gerade ein kleines bisschen so anfühlte wie damals, als ihr Vater gestorben war. Sie bemühte sich die Erinnerungsschnipsel zusammenzuführen.

Sie war in Berlin gewesen und hatte sich leise aus dem WG-Zimmer des Jungen geschlichen, mit dem sie die Nacht verbracht hatte. Sie war mit dem Taxi durch die halbe Stadt in ihr Hotel gefahren. Meriel, ihre beste Freundin, schlief fest, als sie sich zu ihr ins Bett legte. Sie betrachtete ihr völlig entspanntes, hübsches Gesicht, das von ihren Locken halb bedeckt war. Sie gab ihr vorsichtig einen Kuss auf die Nasenspitze und war glücklich, sie um sich zu haben.

Es schien ihr, als ob sie gerade erst eingeschlafen war, als das Handy klingelte und sie aus dem Tiefschlaf gerissen wurde. Sie schaute auf die Uhr, es war zwölf Uhr mittags. Die Sekretärin ihres Vaters war am Telefon. Ihre Stimme war zitternd, etwas fahrig. Sie klang verschnupft, näselnd, wie von jemandem, der geweint hatte, das Weinen aber gerade unterdrückte. Sie sagte ihr, dass sie im Auftrag ihrer Mutter anrufen würde und bat sie, unverzüglich nach Hause zu kommen. »Beeilen Sie sich, lassen Sie ihre Mutter nicht alleine«, flehte sie. Sine hatte verwirrt den Telefonhörer aufgelegt und war regungslos auf dem Bett liegengeblieben. In ihrem Kopf wirbelten Gedankenfetzen wild durcheinander. Mal war sie wie betäubt. Mal glühte ihr Kopf.

Wie soll man sich über Ungewissheiten Gedanken machen? Über was soll man nachdenken, wenn es sich um nahezu Unvorstellbares handelte?

Sie durcheilte Räume in ihrer Seele, die sie noch nie betreten hatte. Immer wieder zuckten sie vor der möglichen Wahrheit zurück, negierte sie als Unmöglichkeit und verhedderte sich dann aber doch wieder in der Vorstellung der Vaterlosigkeit. In ihrer Wirklichkeit hatte dieser Begriff keinen Platz. Bisher.

Sie sagte Meriel, dass sie sofort nach Hause fahren müsste. Sie hätte ein schlechtes Gefühl und könne das Schlimmste nicht ausschließen (das Wort Tod oder Sterben brachte sie nicht über die Lippen). Meriel fuhr durch die Landschaft, die Sine nicht wahrnahm. Sie zündete sich eine filterlose Zigarette an, zog den Rauch tief in die Lungen.

Die Gedanken von damals tauchten auf, als würde sie sie heute denken.

Was bin ich ohne diesen Vater, diesen klugen, sanften Vater, der mir unendlich viel Verständnis entgegenbringt, der immer für mich da ist, mit dem ich so viele geistreiche, umsichtige, unaufdringliche und scharfsinnige Gespräche geführt habe, der mir gezeigt hat, was wichtig im Leben ist (auch wenn ich es damals ignorierte), der mir vorgelebt hat, was Vertrauen bedeutet, der mir vermittelte, dass es auf Leidenschaft und Neugier, auf den aufrechten Gang und auf die Freude am Leben ankommt. Dass auch die Kunst des Scheitern-Könnens zu unserem Dasein gehört.

Die Zeit war während der Autofahrt stehengeblieben. Die Ungewissheit arbeitete in ihren Gedärmen. Der Tod trat unmittelbar an ihre Seite, legte seinen Arm um sie, anbiedernd, lockend. Sie versuchte, ihn weg zu scheuchen. Vergebens. Sie versuchte, mit ihm ins Gespräch zu kommen. Warum gerade meinen Vater, warum einen so gutherzigen, warmen Menschen? Er gab ihr keine Erklärung. Die Gedanken mahlten weiter, ließen nicht locker, zerrten an ihr herum.

Als sie vor der Haustür stand, zögerte sie lange. Alles schien zu sein, wie es immer war, wenn sie nach Hause kam. Vertrautheit, Geborgenheit, Stille. Totenstille?

Es war die Stille des Todes.

Eine Verklumpung des Blutes nur, das ihn in den Tod riss und sie in Verzweiflung und verstörende Hoffnungslosigkeit.

Acht Jahre war das jetzt her. Acht lange Jahre, in denen sie sich von der Zeit treiben ließ. Eine Bewegung ohne Ziel, ohne Bemühung und da sie die Rente ihres Vaters hatte, auch, abgesehen von einigen Artikeln und Kommentaren, die sie in Zeitschriften veröffentlichte, ohne ernsthafte Arbeit. Sie studierte ein paar Semester Literaturwissenschaft und Kunstgeschichte, ohne je ernsthaft an einen Abschluss zu denken. Ansonsten las sie viel und träumte sich eine eigene, innere Fantasiewelt zusammen, in der sie sich einrichtete, und die ihr zu genügen schien. Bis Amos auftauchte. Er weckte wieder ihre Neugier auf die wirkliche Welt, die sie in diesen Jahren kaum beachtete. Er entfachte das Verlangen nach Liebe und sie eröffnete sogleich die Jagd nach dieser Glut und diesem Füllhorn. In dieser Zeit fing sie auch ernsthaft an, zu schreiben. Über sich selbst, über Amos, über sie beide. Amos war ihre Hauptfigur in vielen kleinen Erzählungen, weil es ihr Spaß machte, sich in ihn hineinzuversetzen, in eine andere Identität hineinzuschlüpfen, in sich das Maskuline, in ihm das Feminine zu stärken und beides zu amalgamieren. Sie schrieb, um soziale, aber auch literarische Grenzen von Männlichkeit und Weiblichkeit niederzureißen und Intellekt und Durchsetzungsvermögen auf der männlichen und Leidenschaft und Weichheit auf der weiblichen Seite nicht als separierte Eigenschaften entweder des Mannes oder der Frau in der Welt zu lassen, sondern sie in beiden Geschlechtern gleichwertig zu vereinen. ›Das Leben schreibt die Themen‹, sagte Amos einmal, ›du musst nur genau beobachten, was mit dir und um dich herum geschieht und unverschleiert niederschreiben, was dich beeindruckt.‹ Und sie schrieb nieder, was sie sah, fühlte und ihre Fantasie bewegte, und was sie glaubte, was Amos wahrnahm und empfand. Er las, was sie aufs Papier brachte und sie suhlte sich in seiner Aufmerksamkeit, die sich wie Zuckerwatte im Mund anfühlte.

Zwei Tage nach ihrem Besuch im Polizeipräsidium fuhr Sine zu Amos, um mit ihm zu reden.

Er öffnete ihr die Tür und bat sie mit fröhlicher Stimme herein. Er trug eine schneeweiße Sommerhose und darüber leger ein kurzärmeliges, bunt gemustertes Hemd. Die offenen oberen Knöpfe seines Hemdes lenkten den Blick auf seinen muskulösen Oberkörper. Amos führte Sine in das große Wohnzimmer, dessen Wände eine umfangreiche Bildergalerie zierte. Im Mittelpunkt, direkt über dem Sofa und separiert von den anderen Fotos, hing ein Bild, das Sine zeigte. Die Haut von einer Tönung, die Babys eigen ist. Rote, lockige Haare, tiefschwarz geschminkte Augen. Aufgenommen bei der ersten Fotosession, die er mit ihr gemacht hatte.

Amos kam mit einer Teekanne aus der Küche, schenkte ihr eine Tasse ein und setzte sich neben sie auf das Ledersofa.

Er betrachtete sie. Lächelte. Legte seinen Arm um ihre Schultern, zog sie zu sich heran und küsste sie.

»Es lohnt nicht, sich aufzuregen, Pupa.«

Er fuhr, während er das sagte, mit der Hand durch ihr Haar, das, von den Sonnenstrahlen, die durch das große Fenster in den Raum drangen, kupferrot schimmerte.

»So ist die Welt. Gut und schlecht. Wenn ich an Nigeria und Boko Haram denke, dann muss ich sagen, geht es uns hier noch relativ gut.«

»Das mag stimmen. Aber trotzdem, es ist schrecklich, was zurzeit hier bei uns in Deutschland passiert. Aber die größten Sorgen mache ich mir wegen dir.«

Sine überlegte, wie sie formulieren sollte, was ihr auf dem Herzen lag. Sie richtete sich auf und sah besorgt in sein lächelndes Gesicht.

»Ich habe es schon des Öfteren angesprochen. Es ist immer wieder das gleiche Problem: Ich habe das Gefühl, du lässt mich nicht an dich heran. Wie soll ich wissen, dass du ehrlich zu mir bist und mich nicht anlügst, wie soll ich erkennen, was in dir vorgeht, wenn du dich mir nicht öffnest, wenn du alles mit dir selbst abmachst und mich nicht in deine Überlegungen einbeziehst?«, sagte Sine mit beschwörender Stimme.

Amos spürte ihre ungewöhnliche innere Erregtheit.

»Ich habe nicht das Gefühl, dass ich mich abschotte und *alles* alleine entscheide. Es tut mir leid, wenn du so empfindest. Ich weiß nicht, wie ich Ehrlichkeit beweisen soll. Ich weiß auch nicht, wie man Lüge erkennen kann.«

»Ich weiß es auch nicht. Eben deswegen hängt alles davon ab, ob man jemandem vertrauen kann, oder nicht.«

»Vertraust du mir nicht?«

Sine zögerte kurz.

»Doch, ich will dir vertrauen. Aber ich erwarte dann von dir, dass du dich mir anvertraust und mich an dem, was dich bewegt, teilnehmen lässt.«

Amos rieb sich die ausgeprägten Nasenflügel, und als er gerade zu einer Antwort ausholen wollte, durchbrach der schrille Ton der Haustürklingel die eingetretene Stille.

»Erwartest du jemanden? Ich dachte, wir wollten reden. Zu zweit, miteinander.«

Amos sah sie verwirrt an.

»Nein, ich habe alle Termine abgesagt, wir sind allein im Haus. Ich sollte vielleicht einfach nicht öffnen.«

Es klingelte erneut, energischer als beim ersten Mal.

»Sieh nach, wer es ist und schick ihn wieder weg«, sagte Sine verärgert über diese Unterbrechung.

Der Staatsanwalt hielt Amos einen Durchsuchungsbescheid für sein Haus vor die Nase. Er las, dass er verdächtigt werde, einer terroristischen Vereinigung anzugehören und Boko Haram zu unterstützen. Hinter dem Staatsanwalt drängten ein knappes Dutzend Männer in Zivil und Uniform in seine Wohnung. Sie durchwühlten Regale, Schubladen, Schränke in sämtlichen Räumen. Sie packten Aktenordner und den PC in mitgebrachte Kartons, und als sie mit der Wohnung fertig waren, bat Staatsanwalt Sänger Amos Alabi, ihn in die Verwaltungsräume seiner Klinik zu führen. Und auch hier verrichteten die Polizisten routiniert ihr Handwerk.

Amos sah, sprachlos geworden, mit versteinerter Miene zu, wie fremde Menschen sein privates Leben durchwühlten, intimste Dinge in die Hand nahmen und achtlos wieder fallen ließen, wie sie mit ihren Stiefeln seinen Glauben an einen Staat, dessen wichtigste Maxime war, die Würde des Menschen zu achten und zu schützen, zertrampelten.

Als sie mit der Durchsuchung fertig waren, nahmen sie Alabi, der bereits während der Durchsuchung seinen Rechtsanwalt informiert hatte, zum Verhör mit auf das Präsidium.

»Das ist absurd, was hier passiert und der Vorwurf ist völlig aus der Luft gegriffen. Es kann sich hier nur um eine Verwechslung handeln. Bleib bitte hier in der Wohnung und warte auf meinen oder den Anruf meines Anwalts«, rief er Sinc zu und verschwand.

Amos stieg in das Auto des Staatsanwalts. Sine blieb allein in der geschändeten Wohnung zurück, ohne zu begreifen, was da eben geschehen war. Überall offenstehende Schrank- und Regaltüren, Papiere lagen zerstreut auf dem Boden herum, durchgeblätterte Bücher auf Tischen und Stühlen. Sine machte sich automatisch daran, wenigstens die äußerliche Ordnung wiederherzustellen. Im Inneren regierte das Chaos. Blindwütige Empörung und das seelenzermalmende Gift der Angst hielten sich die Waage und lähmten jegliche Gehirnaktivität. Sie bewegte sich so vorsichtig durch Amos' Wohnung, als könnte ihr Körper jeden Augenblick auseinanderbrechen.

Als alles wieder ansatzweise an seinem Platz war, setzte sie sich in einen Sessel vor dem Panoramafenster, starrte wie durch einen Schleier auf die lebensfrostige Welt und weinte.

Erst von Rechtsradikalen bedroht, dann der Vorwurf der Vergewaltigung, und als ob das nicht schon genug wäre, jetzt auch noch angeklagt als Terrorist. Was folgt noch? Wie kann er das durchhalten? Wie kann ich das ertragen? Und was wäre, wenn ...?

Sie wagte nicht weiterzudenken.

»Ihr Vater, Herr Maduka Alabi, ist in der Nigerianischen Botschaft beschäftigt. Ist das richtig?«, fragte Freud und blätterte in seinem vor ihm liegenden Ordner.

Amos beobachtete ihn. Ihm fiel auf, dass seine eng beieinanderliegenden Augen, wie bei sibirischen Huskys, verschiedenfarbig waren. Das eine war graublau, das andere graubraun.

»Ja.«

Freud vertiefte sich in seine Akten.

»Hier steht«, sagte er ohne sein Gegenüber anzusehen, »dass er die Vollmacht hat, für seine Regierung Waffengeschäfte mit deutschen Herstellern auszuhandeln. Ist das richtig?«

»Wenn das so in Ihrem Dossier steht. Mir sind Einzelheiten über seine Aufgaben in der Botschaft nicht bekannt.«

»So steht es hier. Und hier ist auch festgehalten, dass einige der Waffen, die in seinem Auftrag nach Nigeria verschifft worden sind, bei der Terrororganisation Boko Haram aufgetaucht sind. Das macht uns Sorge. Wissen Sie von diesen Geschäften?«

Amos musste grinsen, nicht nur wegen der Frage, sondern weil an der Spitze von Freuds Nase ein Tropfen hing, der auf die Akten zu fallen drohte. Schade, dass ich meinen Fotoapparat nicht dabeihabe, dachte Amos, was für ein Bild wäre das geworden: der nach vorne gebeugte, dünne Oberkörper, das hagere, knochige Gesicht, der schmallippige Mund, das strähnige Haar. So stellte er sich den

Ankläger der Inquisition vor, der ins einundzwanzigste Jahrhundert gebeamt worden war.

»Wie bereits gesagt: ich bin nicht über die Arbeit meines Vaters unterrichtet.«

»Ihr Vater hat Sie aber von Oberndorf am Neckar, wo die Firma Heckler & Koch ihren Sitz hat, in Ihrer Klinik angerufen.«

»Sie sind wirklich hervorragend informiert. Dürfen Sie eigentlich Telefongespräche von Botschaftsangehörigen abhören? Es kann durchaus sein, dass er mich von Oberndorf einmal angerufen hat, er hat mich schon des Öfteren von unterwegs angerufen. Aber eines weiß ich mit Bestimmtheit, wir hatten nicht über Waffen gesprochen. Und was die deutschen Waffen angeht, die bei Boko Haram aufgetaucht sein sollen, dies können Beutewaffen gewesen sein. Sie können auch über alle möglichen andere Kanäle in deren Hände gelangt sein. Sie kennen sich da sicher besser aus als ich. Vielleicht sollte die Bundesrepublik Deutschland einfach etwas weniger Waffen exportieren. Meinen Sie nicht auch? Ich jedenfalls bin nicht verantwortlich, wenn irgendwelche Waffen in falsche Hände gelangen sollten.«

Freud betrachtete Amos so wie man ein interessantes Bild anschauen würde.

»Wir haben den Eindruck, dass Sie sich auch privat für Waffen interessieren. In Ihren Unterlagen haben wir Internetadressen von Händlern gefunden, die Pistolen anbieten. Wollten Sie sich eine Pistole besorgen? Wofür? Aber lassen Sie uns zunächst von etwas anderem sprechen. In Ihrer Klinik führen Sie auch Gesichtsoperationen durch, nicht wahr?«

Amos blickte zu seinem Rechtsanwalt und dann fragend zu Freud.

»Sicher. Warum fragen Sie?«

»Sie stellen immer Fragen, Sie sind aber hier um zu antworten. Was ist der Zweck dieser Operationen?«

»Ich verstehe den Sinn dieser Frage nicht.«

»Beantworten Sie doch bitte einfach meine Frage.«

»Es gibt viele Gründe. Die einen mögen nicht mehr in ihr Gesicht sehen, weil die Nase nicht stimmig ist, weil die Lippen zu schmal oder die Gesichtszüge zu hager sind. Andere hatten einen Unfall und das Gesicht ist entstellt worden.«

»Oder vom Krieg zerstört, oder auch einfach, weil sie sich unkenntlich machen, eine andere Identität haben wollen.«

Freud beugte sich vor und heftete jetzt seine Augen auf Amos wie ein Raubtier kurz vor dem todbringenden Angriff.

»Ersteres kommt vor, wenn auch nicht häufig. Letzteres habe ich in meiner Praxis noch nicht erlebt, und ich würde eine Operation aus diesem Grund auch verweigern.«

»Haben Sie schon viele Kriegsopfer behandelt und aus welchen Ländern kamen sie?«

»Wie gesagt, nicht viele, aber wenn ich diesen armen Leuten helfen kann, mache ich das. Die meisten kamen aus Syrien, Irak und Sudan.«

»Und aus Nigeria, das haben Sie wohl vergessen.«

»Ja, auch einmal ein Mann aus Nigeria.«

Freud stand auf und ein zufriedenes Lächeln huschte über seine Gesichtszüge. Er ging im Zimmer auf und ab und warf einen siegessicheren Blick in Richtung des etwa zwei mal drei Meter großen Spiegels an der Längsseite des Verhörraumes, hinter dem Amos den Staatsanwalt und weitere Personen vermutete. Freud hatte die Arme vor der Brust verschränkt und überlegte wohl, wie er seinen Angriff durchführen und seiner Beute den finalen Todesstoß versetzen konnte. Amos erschien Freud wie eine hin und her schießende Spule an einem Webstuhl, die Fäden zog und immer neue Maschen knüpfte.

Er stoppte plötzlich seinen Marsch durch das Zimmer und baute sich vor Amos auf.

»In Ihren Unterlagen haben wir keine Abrechnungen über diesen Nigerianer gefunden. Wir fragen uns natürlich warum. Wollten Sie uns dessen Identität verheimlichen? Was wollten Sie verbergen? Soll ich es Ihnen sagen: Der Mann war Mitglied der Terrororganisation von Boko Haram und wollte seine Identität wechseln, weil er an einem Massaker im Norden Nigerias maßgeblich beteiligt war, an dem achtzig Menschen getötet worden waren, darunter auch drei Deutsche.«

»Das ist doch alles vollkommener Quatsch, Herr Freud«, sagte Amos erregt. »Sie wollen mir etwas zuschieben, dass völlig aus der Luft gegriffen ist. Sie finden deswegen keine Abrechnungen, weil ich keine Rechnung gestellt habe, wie übrigens bei den anderen Kriegsgeschädigten, die ich operiert hatte, auch. Ich habe all diese Behandlungen aus eigener Tasche bezahlt. Und bei Tayo, den meinen Sie wohl, handelt es sich um einen Bekannten meines Vaters, für den ich meine Hand ins Feuer lege, dass er nichts mit Boko Haram am Hut hat. Im Gegenteil, er kämpfte gegen diese menschenverachtenden Islamisten und hatte sich dabei schwere Gesichtsverletzungen zugezogen. Auch verwahre ich mich dagegen, dass mein Vater mit Boko Haram in Verbindung gebracht wird.«

Amos' Rechtsanwalt Daniel Buddendiek bemerkte, wie sein Mandant allmählich seine Beherrschung zu verlieren begann und sich kleine Schweißtropfen auf seiner Stirn bildeten.

»Das sollten Sie nicht tun, wenn sie nicht ihre Hand verbrennen wollen. Wo ist eigentlich Ada, die Schwester ihres Freundes Tajo? Wir haben sie gar nicht in Ihrer Wohnung gesehen. Wir wissen aber, dass sie sich hier einquartiert hat. Frau Kühn wird gar nicht darüber erfreut sein. Sind Sie wieder intim mit Ada, wie vor einem Jahr? Sie ist wirklich sehr hübsch. Man könnte das verstehen«, nuschelte Freud, mit der Absicht, ihn zu provozieren, kaum verständlich vor sich hin.

»Diese Frage geht eindeutig zu weit und tut nichts zur Sache, Herr Freud. Das deutsche Recht kennt keine Sippenhaftung, wie Sie sicher wissen. Diese indiskreten Fragen nach der Schwester von Tayo Ababi sind völlig unangebracht«, schaltete sich Daniel Buddendiek dazwischen.

»Gut, lassen wir das. Um die Schwester von Tajo Abebi werden wir uns zu gegebener Zeit kümmern.«

Amos warf einen beißenden Blick auf Freud. Und nicht einmal den Nachnamen von Tayo kann dieser Giftzwerg richtig aussprechen, dachte er. Er verkniff sich aber die schulmeisterliche Zwischenbemerkung.

»Über Abebi wissen wir eine ganze Menge und werden auch herausfinden, ob seine Schwester in die Anschläge verwickelt war. Aber über Sie, Herr Alabi, haben wir leider bisher noch wenig Erkenntnisse. Sie sind augenscheinlich ein scheues Reh. Aber auch das scheueste Rotwild muss zum Fressen auf eine Lichtung, wo es der Jäger zu Gesicht bekommt und zur Strecke bringen kann.«

»Herr Alabi ist kein Reh, das zur Jagd freigegeben ist, sondern unbescholtener deutscher Staatsbürger. Und ich darf auch daran erinnern, dass wir in Deutschland seit langer Zeit die Todesstrafe abgeschafft haben«, sagte Buddendiek mit scharfer Stimme.

»Gut, gut. Verlassen wir die Tierwelt wieder und bleiben bei den Fakten: Sie sind befreundet mit einem gesuchten Terroristen, haben ihm eine neue Identität verschafft und ihn logistisch unterstützt. Und Sie, Herr Alabi, sind aufgrund ihres Charakters durchaus zu Gewalttaten fähig, wie die Vergewaltigung von Frau Blunt zeigt. Sie müssen zugeben, dass das jeden Haftrichter überzeugen wird. Wenn Sie ihre terroristische Beteiligung zugeben und mit uns kooperieren, wirkt sich das sicherlich nicht ungünstig auf das Strafmaß aus.«

Amos sprang wütend auf und war nahe dran, handgreiflich zu werden. Buddendiek hielt ihn zurück und versuchte, ihn zu beschwichtigen.

»Nichts gebe ich zu. Ich habe Frau Blunt nicht vergewaltigt. Ich bin kein Gewalttäter und ich kenne keinen Terroristen. Und außerdem, Herr Freud, der Bruder von Ada heißt nicht Abebi, sondern Ababi. Vielleicht finden Sie in ihrem Hirn, das mit so viel Schrott vollgestopft ist, noch ein Plätzchen, wo sie den richtigen Namen unterbringen können«, schleuderte Amos Freud entgegen und setzte sich wieder auf seinen Stuhl.

Freud sah ihn mitleidig an.

»Sie können mich nicht beleidigen. Ich weiß, Sie stehen mit dem Rücken zur Wand, und ich kann verstehen, was in Ihnen vor sich geht.«

Arno Freud stand auf, entschuldigte sich, dass er ihn kurz alleine lassen müsse, und verließ den Raum. Nach etwa fünf Minuten kam er mit Staatsanwalt Sänger zurück.

»Herr Dr. Alabi, wir werden Sie heute Nacht, wie es uns das Gesetz erlaubt, hierbehalten«, verkündete Josef Sänger.

»Mit welcher Begründung?« fragte Buddendiek.

»Verdacht auf Mitgliedschaft in einer terroristischen Vereinigung, Unterstützung eines Terroristen, mögliche Vorbereitung eines Anschlags in Deutschland und Verdunkelungsgefahr. Wir werden Amos Alabi morgen Vormittag dem Haftrichter vorführen, Herr Rechtsanwalt Buddendiek.«

Amos Alabi sah seinen Rechtsbeistand entgeistert an und war außer sich. Dieser legte seine Hand auf den Unterarm von Amos und versuchte ihn zu beruhigen.

»Da ist das letzte Wort noch nicht gesprochen. Es gibt keinen Grund, Sie hierzubehalten«, sagte Buddendiek zu Alabi gewandt.

Amos erhob sich benommen. Die Augen blickten glasig, totengleich ins Nirgendwo. Der Atem stockte, das Herz stolperte. Er taumelte blutleer hinter dem Polizeibeamten her, der ihn in die Zelle führte.

Kapitel 11

›Den schnellen Handel muss ich doch erschweren/
Dass nicht zu leichter Sieg den Preis verringere.‹

Diese Worte, die Shakespeare Miranda in den Mund legte, als sie sich Hals über Kopf in Ferdinand verliebt hatte, fielen Sine ein, als sie allein in seiner Wohnung über Amos sinnierte. Ihre Liebe zu Amos wurde auf eine harte Probe gestellt. Der Preis für diese Liebe wurde inflationär nach oben getrieben. Sie wusste nicht, ob ihre Kräfte, diese Probe erfolgreich zu bestehen, ausreichen würden. Was war wahr, was falsch?

Die Klingel der Haustür schreckte Sine aus ihren Gedanken, die sie ohne Richtung im Kreis geführt hatten. Sie öffnete in der Erwartung, den, um den sich alles drehte, in die Arme nehmen zu können. Aber sie blickte nicht Amos in die Augen, als sie die Tür geöffnet hatte. Vor ihr stand, unsicher lächelnd, André Janssen. Sie wich erschrocken zurück. Sie hatte André schon seit längerer Zeit nicht mehr gesehen. Sie ging davon aus, dass er Amos sprechen wollte und sagte ihm, dass er nicht zu Hause sei.

»Ich weiß. Deswegen bin ich hier.«

»Was ist passiert? Wo ist Amos?«, flüsterte sie, das Schlimmste ahnend.

Janssen erzählte ihr, nachdem sie ihn hereingebeten hatte, dass er wegen einer anderen Sache im Präsidium war und Rechtsanwalt Buddendiek zufällig auf dem Flur getroffen habe. »Er wollte dich gerade anrufen und ich bot ihm an, dich persönlich zu informieren. Er wusste, dass wir befreundet sind, und nahm dankbar mein Angebot an. Er berichtete mir in groben Zügen, was passiert war. Ich bin dann gleich hierhergefahren.«

»Und, was hat Buddendiek gesagt?«

»Sie haben Amos verhaftet.«

»Das glaub ich nicht. Wegen des Vorwurfs einer Vergewaltigung wird man nicht gleich verhaftet. Das ist mir völlig unverständlich.«

Er sagte ihr, dass das nicht der Grund war und berichtete ihr von dem Vorwurf, der zur Verhaftung geführt hatte.

»Sind die jetzt total verrückt geworden?«, murmelte sie vor sich hin. »Was wollen sie Amos denn noch alles anhängen? Jetzt sitzt er allein in einer Zelle. Er, der die Freiheit und seine Ehre über alles andere gestellt hat. Eingesperrt, der Freiheit beraubt, entehrt. Das hält er nicht aus!«

Ein Heulkrampf überfiel Sine. André schloss sie in seine Arme und versuchte sie zu trösten.

»Sein Rechtsanwalt will versuchen, eine Haftverschonung zu erwirken und ihn heute Nacht noch rauszuholen. Lass uns bis morgen abwarten. Aber es hat keinen Zweck, hier auf ihn zu warten. Niemand weiß, wann und ob er überhaupt entlassen wird. Ich glaube, es ist besser, du bleibst nicht hier in seiner Wohnung.«

Sine nickte.

»Soll ich dich nach Hause fahren?«

Sine schüttelte den Kopf.

»Danke für das Angebot. Aber ich muss das erst einmal für mich selbst sortieren. Es ist zu viel zusammengekommen«, sagte sie mit matter Stimme.

»Ich denke, dass es besser wäre, jetzt nicht allein zu grübeln. Aber gut, du musst selbst wissen, was für dich am besten ist.«

Als sie in ihrem VW-Beetle saß und das Vorgeworfene und Geschehene nochmals wie in einem Film in ihr abliefen, fing sie an, an ihrem Verstand zu zweifeln. Sie begriff das alles nicht. Es erschien ihr vollkommen absurd. Sie fragte sich sogar ernsthaft, ob ihr Hirn verrücktspielte und sie sich nur ein dramatisches Romanthema zusammenfantasierte?

Wie ein Kleinkind, das noch nicht wusste, wie es fühlen soll, und im Gesicht seiner Mutter zu lesen versuchte, wie es ein gerade bewusst Erfahrenes gefühlsmäßig verorten und lachen oder weinen sollte, so suchte sie verzweifelt nach einem Referenzpunkt für das Erlebte, an dem sie ihre Empfindungen, die sie sintflutartig überschwemmten, festmachen konnte. Die Welt war absurdes Theater. Zwischen dem Geschehen, dem sie ausgesetzt war, und ihrer Sehnsucht nach Einheit, ihrem Bedürfnis nach Vertrautheit und ihrem Verlangen nach Klarheit und Glück klaffte ein unüberwindlicher Abgrund.

Tränen, gespeist aus Wut, Ohnmacht und Schmerz, kullerten über ihr Gesicht, als sie das Auto durch die Straßen lenkte. Sie fuhr kreuz und quer ziellos durch die Stadt. Sie spürte, wie sie in ihrem Leid allmählich aus den Fugen geriet. Sie wollte nicht leiden.

Als sie nach einer langen Irrfahrt in den Karpfenweg im ehemaligen Westhafen einbog, hatten Wutgefühle die Oberhand gewonnen. Sie kehrten ihre Erregung nach außen und verdichteten ihre Kräfte zu einer zielgerichteten Waffe. Die Auflehnung, die Empörung gegen den ihm und auch ihr selbst zugefügten Schmerz gaben ihr neue Stärke und dämpfte die sie schier erstickende Verbitterung.

Sie schloss die Wohnungstür auf, kickte ihre Schuhe in die Ecke, holte eine Flasche Wein, ließ sich in einen Sessel plumpsen und überließ sich ihrer schmerzhaften Wut. Aber die hielt nicht lange an.

Während sie vor sich hin grübelte, schlug ihr Zorn auf die Welt nach und nach in ein diffuses Angstgefühl um. War es möglich, dass ein Mensch sein Inneres so total verbergen konnte, dass man als enger Vertrauter nicht wahrnahm, was in ihm vorging? War es möglich, dass man nicht zu erkennen vermochte, wer dieser Mensch wirklich war? Was, um Himmels Willen, hatte sich in der Klinik abgespielt? Welcher Teufel hatte Amos geritten?

Wie Sine am eigenen Leib lust- und schmerzhaft erfahren hatte, war Amos' Sexualverhalten nicht altjüngferlich und manches Mal wenig zartfühlend. Aber niemals war er rücksichtslos oder verletzte gemeinsam gesetzte Grenzen.

War es möglich, dass er dieser Blunt Gewalt angetan und Spaß daran gefunden hatte?

Der Schmerz, den der Stachel in ihrem Herzen verursachte, war schier unerträglich.

Was macht jemand, der mit diesem drückenden Schmerz leben muss? Ich kann entweder fliehen oder bleiben. Aber wohin fliehen? Aus dem Leben? In eine Fantasiewelt? Und wenn nicht fliehen, wie kann ich bleiben, wo kann ich bleiben? Und kann ich bleiben und leben ohne Liebe, ohne Amos? Liebe schmückt sich gern mit den Illusionen des Ewigen. Aber Ewigkeit gibt es nicht. Der Tod ist die Zumutung des Menschen. Die Liebe kommt irgendwann von irgendwoher, und warum soll sie nicht einfach auch wieder verschwinden können? Es gibt keine Existenz in der Vollkommenheit, die sich der Mensch erträumt. Aber ist nicht gerade die unvollkommene Liebe eine Herausforderung, ein ständiges leidenschaftliches Ringen? Es gibt keine Leidenschaft, keine Liebe ohne Kampf. Wenn ich mich recht erinnere, war es Camus, der behauptet hat: Entweder Werther sein oder nichts. Und er hat recht.

Je mehr sie über die Situation nachdachte, desto wirrer erschien ihr alles Geschehene. Was würde sie dafür geben, klar zu sehen, zu wissen, was wahr ist. Sie wollte wissen, ob sie mit dem Wissen der Wahrheit leben könnte. Sie wollte Klarheit, aber sie sah nur die Mauern, die sie umgaben. Sie spürte die Zerrissenheit in sich, die ihre Sehnsucht nach innerer Stimmigkeit zersetzte.

Die Bilder in ihrem Kopf ließen sie nicht zur Ruhe kommen. Als sie irgendwann im Bett lag, sah sie Amos nackt über Ellen Blunt, wie er, ihre Handgelenke wie mit einem Schraubstock umklammernd, sich befriedigte. Sie sah Amos in seiner Zelle: allein, verzweifelt. Sie sah Amos neben sich: zärtlich, liebevoll, verliebt. Sie sah die Bilder von Terroranschlägen und zerfetzten Körper.

Kapitel 12

Ellen Blunt wohnte zusammen mit Erwin Kupka in einem Hochhausviertel im Nordwesten der Stadt. Die Betonfassade des Hauses mit der Nummer achtzehn war vom Regen verwaschen, der Hauseingang ungepflegt und renovierungsbedürftig. Die Drei-Zimmer-Wohnung im fünften Stock wirkte unaufgeräumt. Sie war einfach und ohne jegliche persönliche Handschrift möbliert. Aber Pablo Rubin fiel auf, dass das elektronische Equipment vom Feinsten war, und er fragte sich, wovon er all diese teuren Gerätschaften finanziert hatte. Eine hochwertige Musikanlage, Heimkino im Surroundsystem, ein riesiger fünfundfünfzig Zoll Fernseher und auf dem kleinen Schreibtisch neben der Balkontür stand ein ebenfalls hochpreisiger Laptop.

Ellen Blunt war allein in der Wohnung.

Pablo bat sie, nochmals genau zu erzählen, was sich in der Praxis von Herrn Alabi zugetragen habe.

»Warum das? Ich habe doch alles schon zu Protokoll gegeben«, sagte Blunt missgelaunt und sah zuerst Rubin und dann Stoll fragend an.

»Unsere Nachforschungen haben ein paar Ungereimtheiten ergeben, die wir gerne aufklären wollen«, sagte Stoll.

»Was für Ungereimtheiten?«

Blunt wirkte irritiert und beunruhigt. Sie stand auf, holte sich eine filterlose Zigarette aus der Packung, die neben dem Fernseher auf der Anrichte lag, und zündete sie sich mit einem protzigen, vergoldeten Feuerzeug an.

Imke sah zu Pablo und sie bemerkte ein leichtes Grinsen in seinem Gesicht.

»Setzen Sie sich doch bitte wieder, Frau Blunt, und erzählen Sie der Reihe nach«, sagte Pablo und deutete mit seiner Hand auf den leeren Sessel.

Als Ellen Blunt seiner Aufforderung Folge leistete, beobachtete sie Pablo argwöhnisch. Sie blieb stumm und überlegte, was sie sagen sollte.

»Was mich vorab interessieren würde, ist, warum sie mit Ihrem Anliegen zu Herrn Alabi gegangen sind. Hatte Ihr Freund nichts dagegen, dass Sie sich einem Farbigen anvertrauen wollten?« fragte Imke Stoll.

Blunt schaute Imke irritiert an und überlegte lange, wie sie die Frage beantworten sollte.

»Nun, ich habe gehört, dass er als Arzt sehr gut sein soll und einen guten Ruf hat. Da dachte ich mir, warum nicht. Er wird mich schon nicht fressen«, sagte sie, kicherte und fügte dann hinzu: »Ein wenig geniert hatte ich mich allerdings schon, mit einem Schwarzen über so intime Dinge zu reden.«

»Sehr mutig von Ihnen«, sagte Pablo mit beißendem Spott und forderte sie nochmals auf, zu schildern, was in der Praxis vorgefallen war.

Sie berichtete nahezu wortwörtlich das, was sie bereits im Präsidium gesagt hatte.

»Warum haben Sie die angebliche Vergewaltigung so spät gemeldet?« fragte Pablo.

»Warum angeblich?«

»Herr Alabi bestreitet die Tat.«

»Sehen Sie, deswegen habe ich so lange gezögert. Ich dachte, mir glaubt sowieso keiner und dann steht meine Aussage gegen die von dem Herrn Doktor.«

»Frau Blunt, warum haben Sie uns angelogen?«

Der ihr ins Gesicht geschleuderte Vorwurf der Lüge brachte Ellen Blunt völlig aus dem Gleichgewicht und sie überlegte lange, wie sie darauf reagieren sollte. Ihre Augen wanderten unruhig zwischen Rubin und Stoll ständig hin und her.

»Was soll denn das jetzt? Ich habe nicht gelogen.«

»Doch, Sie haben mit ihrem Handy um neunzehnuhrfünfundvierzig aus der Wohnung von Alabi telefoniert. Aber da waren Sie angeblich bewusstlos ...«

»Vielleicht hat Dr. Alabi mein Telefon benutzt?«

»... Und um Zwanziguhrfünfzehn hat Sie ein Taxi abgeholt. Und kurz vor neun war das Taxi am Gerhard-Hauptmann-Ring.«

Ellen Blunt saß mit versteinertem Gesicht in ihrem Sessel.

»Nun, was sagen Sie dazu, Frau Blunt?«

Sie murmelte etwas vor sich hin, das Pablo jedoch nicht verstand.

»Können Sie etwas deutlicher sprechen, bitte?«

»Ich weiß nicht, was ich sagen soll.«

»Sagen Sie doch einfach die Wahrheit.«

»Ich kann nicht«, flüsterte sie, »er schlägt mich tot.«

»Wer? Kupka?«

Blunt nickte mit dem Kopf.

Imke Stoll schob ihren Sessel neben den von Blunt und gab Pablo ein Zeichen, dass er sie mit ihr alleine lassen solle.

Pablo verließ das Wohnzimmer und ging in das Schlafzimmer, das ihn besonders interessierte. Er erkannte das schmiedeeiserne Bettgestell, im Hintergrund eine braune Tapete und das Foto mit dem Schäferhund. Es gab keine Zweifel, es war dasselbe Zimmer, das auf dem Bild, das Alabi per E-Mail erhalten hatte, zu sehen und das auf Facebook gepostet worden war. Er machte mit seinem Smartphone eine Aufnahme und bemühte sich um die gleiche Perspektive wie auf dem Facebook-Post. Auf einem kleinen Tischchen am Fenster sah er einen PC mit geöffneten Dateien. Er schickte die Dateien, ohne sie gelesen zu haben, per E-Mail an seine Privatadresse.

Als er gerade das Schlafzimmer verlassen wollte, wurde die Wohnungstür geöffnet und er hörte eine männliche Stimme. Pablo ging in das Badezimmer und betätigte die Toilettenspülung. Im Wohnzimmer stand Kupka. Pablo sah zu Imke, als er eintrat. Sie legte ihre Hand auf den Mund und ein fast unmerkliches Nicken mit dem Kopf bestätigte ihm, dass das Gespräch mit Blunt erfolgreich verlaufen war.

Als Kupka bemerkte, wer da in seiner Abwesenheit in seine Wohnung eingedrungen war, blickte er zuerst argwöhnisch zu den beiden unerwünschten Gästen und fixierte dann seine Freundin.

»Ist alles in Ordnung, Ellen?«

»Ja«, sagte sie nur und beschäftigte sich mit niedergeschlagenen Augen mit ihrem Feuerzeug, das offenbar ein Geschenk von Kupka war.

»Was machen Sie in *meiner* Wohnung? Sie haben hier bei mir nichts zu suchen. Aber auch gar nichts«, fügte er, zu Pablo gewandt, schroff hinzu.

»Wir sind auch nicht zu Ihnen gekommen, sondern zu Frau Blunt. Wir hatten noch ein paar Fragen an Ihre Freundin.«

Er blickte fragend zu Ellen.

»Ist alles gut. Wir haben das Gespräch gerade beendet«, sagte sie beschwichtigend.

Kupka entspannte sich etwas. Sein Mund umspielte ein aufreizendes, sarkastisches Lächeln, mit dem er seine Überlegenheit, oder seine vermeintliche Unantastbarkeit unterstreichen wollte. Imke Stoll stand auf und bat Kupka seine Toilette benutzen zu dürfen.

»Ach du meine Fresse, die Frauen! Nicht einmal fünf Minuten können sie es aushalten. Wenn du denn unbedingt pinkeln musst, geh. Dritte Tür links.«

»Ich kann mich nicht erinnern, dass ich Ihnen ein Du angeboten habe. Also halten Sie sich bitte an die üblichen, höflichen Umgangsformen.«

Pablo wandte sich Kupka zu, der ihm grinsend gegenübersaß.

»Da wir gerade hier sind, Herr Kupka, welche Verbindungen haben Sie zu der rechtsextremen Organisation DSA?«

»Was heißt hier ‚rechtsextrem'? In der Gruppierung haben sich ehrbare Bürger versammelt, die Deutschland wieder auf den rechten Weg bringen wollen und sich für ein besseres Deutschland engagieren, die sich gegen die Lügenpresse zur Wehr setzen und dem deutschen Volk die Wahrheit über die korrupte Regierung sagen«, spulte er in einem Atemzug seine Propagandasprüche ab.

»Sind Sie Mitglied von ‚Deutschland steht auf'?«

»Ich gehe da ab und zu hin und verteile auch schon mal Flugblätter, wenn zu einer Demo gegen die Flüchtlingsflut oder neue Flüchtlingsunterkünfte aufgerufen wird.«

»Das heißt, Sie sind aktives Mitglied?«

»Ja, natürlich. Inaktiv liegt mir nicht. Es muss endlich mal was passieren. Ansonsten geht Deutschland unter, und wir Deutschen werden ersetzt durch Afrikaner, Islamisten, Araber und Was-Weiß-Ich. Genau das ist doch die Politik der Eliten.«

»Sind Sie Reichsbürger?«

»Auch, und ich bin stolz darauf.«

»Wie stehen Sie zu Frauen?« fragte Imke als sie zurückkam.

»Was soll denn das für eine Frage sein? Das geht Sie überhaupt nichts an. Ich frage dich doch auch nicht, was du von Männern willst. Obwohl das brauch' ich gar nicht zu fragen, ich kann es mir denken. Wie alle Frauen, die noch an diese korrupte und sexualisierte Gesellschaft glauben, willst du doch ge....«

»... Vorsicht, Herr Kupka. Sie sind ganz nahe an einer Beamtenbeleidigung. Beantworten Sie doch bitte einfach die Frage meiner Kollegin und befleißigen Sie sich bitte des ‚Sie'«, unterbrach Pablo Kupkas Ausführungen.

»Nun, dann sage ich es anders. Anständige Frauen sollen Kinder kriegen, damit die Deutschen nicht aussterben. Sie sollen sich schön für die Männer machen, für gute Stimmung in der Familie sorgen, sie zusammenhalten, die Kinder großziehen und ihnen Nestwärme geben. Was die Nation im Großen, das ist die Familie im Kleinen, nämlich Schutzraum insbesondere gegen Fremde und Fremdes. Ich will damit den Frauen nicht ihre Sexualität absprechen. Sie können ruhig sexy sein, aber es muss in der Familie bleiben. Nur Flittchen geilen Männer in der Öffentlichkeit auf und provozieren uns. Oder, was denken *Sie*, Frau Stoll?«

Imke dachte daran, dass er mit seiner Ideologie nicht weit von derjenigen der Islamisten entfernt ist, die er so vehement bekämpft. Die modernen Rechtsaußen-Frauen, so hatte sie es einmal über die ‚Identitarian Girls' der Identitären Bewegung gelesen, ordneten sich dem Männerideal als adrette Bett- und Kampfkameradin unter, die dem Mann zu Ruhm und Ehren verhalfen.

»Warum sind Sie so sicher, dass ihre Freundin von Herrn Alabi vergewaltigt worden ist?« fragte Pablo.

»Nun, das liegt doch auf der Hand. Als sie nach Hause kam, hatte sie blaue Flecken und ihr Höschen war blutig. Ich habe es mit eigenen Augen gesehen. Haben Sie etwa Zweifel an der Vergewaltigung?«

»Die Umstände sind alles andere als durchsichtig.«

»Das sehe ich ganz anders. Denken Sie nur an Köln. Da haben Sie exemplarisch sehen können, zu was die Moslems und Neger fähig sind.«

»Herr Alabi ist Christ. Sind Sie auch Christ?«

»Natürlich, ich bin Christ, aber eben kein Neger.«

»Ich hatte Ihnen schon in meinem Büro zu erklären versucht, dass das Wort ‚Neger' ein rassistischer Ausdruck ist. Sind Sie Rassist? Was haben Sie gegen Schwarze?«

»Da sehen Sie es mal wieder. Das System verbietet mir zu sagen, was Sache ist. Ein Neger bleibt ein Neger, auch wenn Sie ihn ‚Schwarzer' nennen. Und ich glaube nicht, dass es dem deutschen Volk guttut, wenn es sich mit fremden Rassen vermischt. Unsere Kultur geht verloren. Deutschland wird auf lange Sicht untergehen. Ich habe nichts gegen Neger ... oder Schwarze, wenn Ihnen das lieber ist, aber sie sollen dortbleiben, wo sie herkommen und nicht deutsche Frauen vergewaltigen und deutsches Blut verunreinigen. Das wollen wir verhindern.«

Pablo gruselte es bei diesen Sätzen und es fiel ihm äußerst schwer, nicht ausfällig zu werden.

»Und jetzt verlassen Sie meine Wohnung«, forderte Kupka Kommissar Rubin auf zu gehen.

»Wir sehen uns wieder«, sagte Pablo.

Kupka grinste ihn an.

»Das glaube ich kaum. Es gibt keinen Anlass, sich wieder zu treffen. Sie und ich, wir sollten uns besser aus dem Weg gehen.«

Kapitel 13

Es war eine scheußliche Nacht. Erst als die Dunkelheit von den ersten wärmenden Strahlen aufgesogen wurde, war Sine erschöpft eingeschlafen. Als sie erwachte, rief sie bei Amos an. Vergebens. Dann versuchte sie es ebenso fruchtlos bei André.

Sie wusste nichts mit sich anzufangen. Sie kochte sich lustlos ein Ei zum Frühstück, machte sich Kaffee und toastete ein Brot.

Die Sprecherin im Radio berichtete mit sachlicher Stimme, dass sich vier Flüchtlinge an die schmiedeeiserne Umzäunung des Gerechtigkeitsbrunnens auf dem Römerberg gekettet hätten. Justitia mit Waage und Schwert in den Händen, so die Reporterin weiter, blicke bestürzt auf drei Männer und eine Frau hinab, die für ihre Rechte als Flüchtlinge demonstrieren. Es handele sich dabei um vier Personen: aus Nigeria, Mali, Ghana und Niger. Mit einem Megafon in der Hand hatte eine Begleitperson der Demonstranten den Schaulustigen erklärt, dass in den Nischen des Sockels des Gerechtigkeitsbrunnens vor dem Rathaus vier Reliefdarstellungen, weibliche Verkörperungen verschiedener Tugenden, dargestellt seien. Jeder der vier Schwarzafrikaner habe sich vor jeweils einer dieser allegorischen Figuren angekettet, um dem Ausdruck zu verleihen, was diese von der Welt einfordern. Die Frau, eine Nigerianerin, habe die zum Römer schauende *Liebe* für ihre Fesselungsaktion ausgewählt. Der Mann aus Mali *Justitia*, der Ghanaer die *Mäßigung* und der junge Mann aus Niger die *Hoffnung*, die mit einer Taube auf dem Arm in Richtung zur Alten Nikolaikirche blickte. Im Moment sei die Polizei dabei, die Ketten mit Schweißbrennern aufzubrechen, sagte die Reporterin emotionslos. Details über die Hintergründe dieses spektakulären Happenings seien bisher noch nicht bekannt. Damit endete der Bericht und es folgte das Musikstück *Atemlos* von Helene Fischer.

Ich brauche Ruhe und eine gewisse Abschirmung vor äußeren Einflüssen, zumindest vorübergehend. Ich benötige Abstand zur Politik und zu mir selbst. Ich muss in das Geschehen der letzten Tage Ordnung bringen. Ich muss versuchen, mich, meinen Körper und meine Seele, wieder in ein Gleichgewicht zu bringen. Ob das Glück, das ich so lange genossen hatte, zurückkehren wird? Ich sehne mich nach Amos, der Ursprung und Garant dieses Gefühls ist. Verlange ich zu viel, wenn ich es für mich einfordere? Ich begehre keine Vollkommenheit. Ich bescheide mich mit kurzen Momenten dieses schwebenden Empfindens von völliger Harmonie und des Aufgehobenseins. Aber ich werde alles daransetzen, wenigstens diese Augenblicke des Glückserleben in den Händen zu behalten. Ohne dich, Amos, würde meine innere Balance außer Takt geraten. Jetzt, wo dich die geballte Macht des Staatsapparats mir entrissen hat, wird mir mit aller Klarheit bewusst, welche Bedeutung du für mich besitzt. Ohne dich ist mein Leben leer und ohne Fundament.

Sine fühlte sich wie ein taumelnder Schmetterling, der vergeblich auf einer vom Sturm gepeitschten Blüte zu landen versuchte.

Vor ihrem inneren Auge tauchte das alte, einstöckige Landhaus auf, das sie von ihrem Vater geerbt, aber schon lange nicht mehr aufgesucht hatte. Es lag in einer Hanglage oberhalb des Flörsbaches am Rande eines kleinen Ortes inmitten eines großen Grundstückes, abgeschirmt von neugierigen Blicken durch eine mannshohe Hecke. Früher, wenn sie als Kind dort war, vergaß sie in der Abgeschiedenheit des Spessarts die Zeit. Sie blieb einfach stehen. Vielleicht könnte sich das wiederholen, wenn sie ihn überreden könnte, mit ihr in das Haus im Flörsbachtal zu fahren.

Die Stimme aus dem Radio drang wieder in ihr Ohr. Der Römerberg war wieder in der Hand der

Touristen. Justitia wurde nicht mehr gestört durch aufmüpfige Weltbürger. Sie waren unfreiwillig entfesselt und zur Aufnahme der Personalien in das Polizeipräsidium gebracht worden, wie der Polizist, der zur Bewachung des Objekts abgestellt worden war, auf die Frage eines Reporters antwortete. »Es kann sich doch nicht jeder an den Brunnen ketten. Was trägt das für ein Bild von Frankfurt in die Welt. Nein, alles muss seine Ordnung haben, das müssen auch, bei allem Respekt, die protestierenden Afrikaner lernen«, sah sich der Polizist gemüßigt hinzuzufügen.

Sie schaltete das Radio aus.

Woher kam die Sehnsucht nach Ordnung, die dem deutschen Charakter in ganz besonderem Maße zu entsprechen scheint, fragte sie sich. Aus der Angst? Aus der Ungewissheit? Um Zerfallsprozesse innerer Stabilität aufzuhalten oder auszugleichen? Haben die Neonazis, die, wie Sine überzeugt war, im besonderen Maße von inneren Zerfallsprozessen gepeinigt zu sein schienen, deshalb das Ordnungsprinzip, *ihre* Ordnungsvorstellungen auf ihr Schild gehoben? Sie würden durchgreifen, um die Ordnung wiederherzustellen, sagten sie. Wenn es sein müsste, mit Baseballschläger, Molotowcocktails und selbstgebastelten Nagelbomben, was sie nicht sagten. Sie würden die Frauen in die alte Ordnung zwingen, Schluss machen mit den aufreizenden Posen in der Öffentlichkeit. Auch wenn die Menschenfänger der Identitären Bewegung mit jugendlichen Codes daherkommen: jung, wild, patriotisch, sexy. Sex allerdings ist für die IB-Mädels nur im Schlafzimmer geduldet. Bei zugezogenen Gardinen. Deutschblütige mit Deutschblütigen.

Ihr gruselte vor Ordnungsfanatikern. Vor allem aber vor Fanatikern. Schon immer und jetzt noch mehr als sonst.

Die Melodie des Faithfull-Songs durchschnitt die Stille und sie erinnerte sich plötzlich an die letzten Textzeilen von ‚The ballad of Lucy Jordan': *Im Alter von siebenunddreißig wusste sie / Sie hatte die Ewigkeit gefunden. / Und sie fuhr mit ihm durch Paris, / Mit dem warmen Wind in ihren Haaren*.

Sine sah das vibrierende Smartphone an und dachte an den Tod. Siebenunddreißig war kein Alter, und doch, wie viele Menschen starben, wie Lucy, in diesen jungen Jahren. Auf dem Display erschien das Gesicht von André.

Warum André und nicht Amos?

Vorsichtig, als ob sie sich daran die Finger verbrennen könnte, nahm sie das Gerät in die Hand und drückte zögernd die Annahmetaste.

»André, was gibt's? Was ist mit Amos?«

»Sine, kann ich zu dir kommen?«

Sine antwortete nicht.

»Ich komme zu dir«, sagte André.

»Sag mir erst, was passiert ist.«

Er blieb stumm.

»Sag doch!«

»Er ... Er ist tot ... sagt die Polizei.«

»Was? Wer ist tot?« fragte Sine, obwohl sie sofort verstanden hatte.

»Amos. Er hat sich selbst getötet.«

Ihr fiel das Handy aus der Hand.

Ein Schrei aus der Tiefe ihrer Seele zerschnitt die eingetretene Stille. Ihr wurde schwarz vor Augen und sie sackte in sich zusammen. Sie sah vor sich einen bodenlosen Brunnen, in den alle Hoffnung gefallen war. Wie ein schwerer, scheuernder Stein drückte Müdigkeit auf ihre Hirnzellen. Ihre Augen fielen zu. Ihr Kopf war leergefegt, ihr Körper gelähmt. Ein frostklirrender Wind gefror ihr Herz zu Eis.

Dumpf drang der Klang der Türklingel an ihr Ohr. Sie lag immer noch bewegungslos und embryonal zusammengekrümmt an derselben Stelle, an der sie den Anruf, der alles zermalmte, was ihr wichtig war, erhalten hatte. Sie vernahm ein Pochen an der Wohnungstür. Mit größter Mühe erhob sie sich und schleppte sich tastend den Flur entlang. André nahm sie in die Arme, streichelte ihr über die Haare, die ihr Gesicht verhüllten. Er führte sie zurück in das Wohnzimmer. Als sie auf dem Sofa lag, blickte sie André flehend an. Sein lehmgraues, ausdrucksloses Gesicht verriet ihr, dass er ihr nicht helfen konnte. Sie weinte trockene Tränen. Ihre Seele hatte sich von ihrem Körper verabschiedet und dieser kümmerte nur noch verzweifelt vor sich hin.

Sie blickte aus dem Fenster. Auch der Himmel trauerte. Dunkle, regenschwangere Wolkenfetzen jagten sich und man glaubte, die Erde durch den Kosmos stürzen zu sehen. Eine in den Abgrund rasende Kugel. Sie empfand die Endlichkeit der Welt mit jeder Faser ihres Körpers.

Sie schauderte und bedeckte ihr Gesicht mit den Händen. Sie spürte ihn. Sie sah seine sanften Augen, seine ausgeprägte Schläfenader, die markanten Falten, die sich vom Nasenflügel abwärts zogen, die weichen Linien des Mundes, der sich zu ihrem drängte. Tod und Leben reichten sich die Lippen.

André flüsterte etwas in ihr Ohr, was sie nicht verstand. Sie hob ihren Kopf und sah das pistazienschalenfarbene Haar des Freundes von Amos über sich.

»Er war so stark, so verwegen, so frech. Ich sehe seinen blühenden Gesichtsausdruck vor mir, der mich immer an Meeresluft und Sonne erinnerte. Er nimmt sich mir einfach weg.«

»Es ist unfassbar«, bestätigte André ihre Worte.

»Wenn ich nur vor diesem Grauen fliehen könnte. Aber man kann nicht ohne sich fliehen. Wenn ich flüchte, muss ich immer auch den Schmerz und auch mich selbst mitnehmen.«

»Ich bleibe bei dir, ... wenn du willst.«

»Ich mach uns einen Kaffee«, sagte Sine, weil sie das Gefühl hatte, sich bewegen zu müssen, um dem totengleichen Körper das kleine bisschen Leben, das noch in ihr steckte, entgegenzusetzen. Sie stand auf und schleppte sich, an der Wand Halt suchend, in die Küche.

Der sturzbachartige Regen trommelte gegen die Scheiben. Mechanisch füllte sie den Kaffeeautomatten mit Wasser und den Papierfilter mit Kaffee. Die Maschine fauchte wütend, als das heiße Wasser sich einen Weg durch ihr Inneres bahnte und in den Trichter tröpfelte.

Tot. Was haben sie mit ihm gemacht? Wie groß muss die Demütigung gewesen, wie sehr muss sein Stolz verletzt worden sein, dass er die letzte Stufe des Seins, wie sich Papa ausgedrückt hätte, jetzt, mitten im Leben, aus eigenen Stücken gegangen ist? Er war stolz, wie ich sonst keinen kannte.

Und erneut machte sich in ihr die lästige und nie ganz zu vertreibende Ungewissheit breit.

Wie gut kenne ich ihn wirklich? Wie tief konnte ich in ihn eindringen? Vielleicht war er empfindsamer, verletzlicher als alle dachten und er hat die kraftvolle Männlichkeit, die nach außen getragene Sicherheit, die Leichtigkeit wie ein Pfauenhahn bei der Balz seinen schillernden Federfächer nur als Lockmittel benutzt, um zu imponieren. Um Frauen zu faszinieren?

André stocherte in seinem Kaffee herum, blickte ab und zu auf, betrachtete Sines stummes Gesicht und beschäftigte sich wieder mit seiner Tasse, die vor ihm auf dem Glastischchen stand. Sine saß ihm gegenüber. Er sah sie fast wie ein Spiegelbild seiner selbst vor sich. Sie drehte den Löffel ständig in der cremefarbenen Flüssigkeit im Kreis, blickte ab und zu auf, wandte den Blick ab, in sich versunken, schweigend. Das Zimmer war prall gefüllt mit tiefgefrorenem Schweigen. André tastete nach ihrer linken Hand, die neben der Tasse kraftlos auf dem Tisch lag. Sie zuckte ein wenig, als er sie berührte, ohne sie jedoch zurückzuziehen. Er nahm sie in seine Hand und drückte sie sanft, streichelte mit dem Daumen über den braunen schmalen Handrücken. Er ging um den Tisch herum, ohne die Hand loszulassen, und ließ sich an ihrer Seite auf der Couch nieder. Sie legte ihren Kopf an seine Schulter.

»Wie ist er gestorben? Wie hat er sich umgebracht? Wo?«

»In seiner Wohnung. Er wurde entlassen und ist nach Hause gefahren. Dort hat er sich erschossen.«

Sine vergrub den Kopf in ihren Händen.

Wäre ich doch nur geblieben, dann wäre das nicht passiert! Ich werde mir das nie verzeihen können. Warum hat er mich nicht angerufen?

André Janssen saß regungslos neben ihr und atmete den Duft ihrer Haare ein.

Kapitel 14

Pablo Rubin beobachtete das Ruderboot, das auf der gegenüberliegenden Mainseite, durch rhythmische, kraftvolle Ruderschläge der acht Männer vorangetrieben, elegant über den Fluss glitt. Undeutlich vernahm er die Anfeuerungsrufe des Steuermanns. Ein Frachtschiff, beladen mit Schrott, fuhr in die Gegenrichtung flussaufwärts unter dem Holbeinsteg durch und schob sich langsam zwischen ihn und den Achter.

Pablo kehrte dem Treiben auf dem Main den Rücken zu, hob abwechselnd sein linkes und rechtes Bein auf die Rücklehne einer Bank am Ufer und machte ein paar Dehnübungen, um die Muskeln nach dem anstrengenden Lauf entlang des Mainufers zu lockern. Allmählich kam er wieder zu Atem und auch sein Kopf nahm vorsichtig wieder seine Arbeit auf. Während des Laufens hatte er sich nur auf seinen Körper konzentriert und alle Energie wurde von diesem in Anspruch genommen. Er überließ dem Energiegroßverbraucher nur noch Restmengen, so dass sich das Gehirn zwangsweise mehr oder weniger abgeschaltet hatte und in einer Art Stand-by-Modus verharrt war.

Die verworrene Situation hatte sich für ihn etwas gelichtet, nachdem Imke ihm berichtet hatte, dass Kupka, wie Blunt ihr gebeichtet hatte, seine Freundin mit der Absicht zu Alabi geschickt hatte, eine Vergewaltigungsszene zu inszenieren. Dieser verfiel jedoch nicht den Verführungsversuchen von Ellen Blunt. Sie hatte sich nach diesem Fehlschlag zunächst geweigert, Alabi anzuzeigen. Aber Kupka hatte sie unter Druck gesetzt und gedroht, sie zu verlassen und aus der Wohnung zu werfen. Sie hatte ihren Widerstand aufgegeben, sich schließlich seiner Drohung gebeugt. Kupka hatte sie daraufhin in seiner Wohnung für ein gestelltes Foto präpariert. Blunt hatte berichtet, dass er mit Farbe blaue Flecken auf ihren Körper gemalt und im Intimbereich und auf die Oberschenkel echtes Blut verschmiert hatte, das er aus einer kleinen Schnittwunde aus seinem Unterarm gewonnen hatte. Sie hatte sich, so drapiert, auf das Bett legen müssen und er hatte sie dann fotografiert. Pablo konnte diese Schilderung verifizieren, denn eine der Dateien, die er aus Kupkas PC an seine private E-Mail-Adresse geschickt hatte, enthielt Fotos mit verschiedenen Ansichten von Blunts nacktem, angeblich vergewaltigtem Körper. Offensichtlich hatte er großen Spaß an dieser Camouflage gefunden. Zwei der Fotos zeigten ihn lachend über den Körper von Blunt gebeugt, als er gerade dabei war, mit seiner Hand genüsslich ihre rasierte Scham zu streicheln und sie blutrot einzufärben.

Aber für Pablo waren nicht nur diese Bilder, die Alabi vollständig vom Vorwurf der Vergewaltigung entlasteten, von großem Interesse. Andere warfen ein bezeichnendes Schlaglicht auf Kupkas politisches Wirken. Sie zeigten ihn bei verschiedenen Demonstrationen in Frankfurt bei einer Fragida-Demonstration auf der Hauptwache, in Dresden, Kassel, Rostock, Leipzig und Bautzen im Kreis seiner Gesinnungsgenossen. Es würde sich lohnen, dachte er, die einzelnen Personen auf diesen Bildern zu identifizieren. Ebenso interessant dürften für den Staatsschutz die Typen sein, die sich bei privaten Saufgelagen mit nacktem Oberkörper vor einer Büste von Hitler und einer großdeutschen Landkarte ablichten ließen. Mitten drin war auf fast allen Bildern Kupka in der Pose eines Mussolini zu sehen, in der einen Hand eine Pistole, die andere zum faschistischen Gruß erhoben. Pablo hatte die starke Vermutung, dass es sich dabei um eine P 30 von Heckler & Koch handelte. Er hatte sich das Bild ausgedruckt und würde es heute noch zur kriminaltechnischen Untersuchung bringen, die ihm sicher genau sagen konnten, um welches Fabrikat es sich handelte. Er bedauerte, dass er nicht mehr Zeit gehabt hatte, in Kupkas Computer zu stöbern. Er war überzeugt, dass noch manch Beachtenswertes zu finden gewesen wäre, da Kupka ein Sammelfreak zu sein schien und reichlich arglos mit den Inhalten seiner Dateien umging.

Es war halb neun, als er seine Wohnungstür aufschloss, um sich für das Büro umzuziehen. Er sah auf dem Display seines Smartphones, welches er in der Wohnung zurückgelassen hatte, dass Imke versucht hatte, ihn während seiner Abwesenheit zu erreichen.

Nachdem er geduscht und den Rest des warmgehaltenen Frühstückskaffees getrunken hatte, rief er Imke zurück. Sie war äußerst erregt und überraschte ihn mit der Nachricht, dass Alabi in seiner Wohnung angeblich einen Suizid begangen habe. Sie schilderte dann in Kurzform, etwas atemlos und chaotisch, was sich seit gestern im Präsidium und der Wohnung von Alabi ereignet hatte und fragte ihn, ob sie Pablo abholen solle, oder ob er seinen eigenen Wagen nehmen würde. Er schlug vor, sich vor Ort zu treffen, dort könne sie ihn über alle weiteren Details in Kenntnis setzen.

Bringt sich ein Mensch wie Alabi um, fragte sich Pablo, als er in seinem Peugeot saß. Er hatte ihn als selbstbewussten und stabilen Mann kennengelernt. Ein Mann, der wusste, was er wollte und erfolgreich war. Andererseits, man hatte ihm übel mitgespielt. Auch wusste er noch nichts von dem Rückzieher von Ellen Blunt. Aber auch wenn, im Netz war er als Vergewaltiger verewigt. Lügen und Behauptungen wurden nicht korrigiert oder gar gelöscht. Sie wurden immer weitergetragen, niemand konnte mehr deren Ursprünge zurückverfolgen und irgendwann mutierten sie dann zum Faktum. Provokationen gegen normative Verbindlichkeiten und Attacken gegen den Anstand hatten Konjunktur und für die Schreibenden hohe Attraktivität, indem sie sich ins Rampenlicht rücken können gemäß der Devise: Einer, der sich was traut! Ein Rebell gegen das Establishment!

In diesem Fall war Alabi das Opfer von solchen lügenhaften Angriffen auf eine missliebige Person – mit schrecklichen Folgen.

Es wird höchste Zeit, dachte Pablo, dass sich Facebook und Co. dazu durchringen, Fake-News und offensichtliche Unwahrheiten zu löschen. Ansonsten werden die zur Wahrheit gemachten Lügen die Macht erringen und nicht mehr vernünftige Argumente, sondern chaotische, individualisierte Haltungen werden zu Gestaltern der Macht. Die verherrlichte Tat, jenseits von Moral, jenseits von Gut und Böse wird zum Leitbild des gesellschaftlichen Geschehens stilisiert und sie wird die reflektierte

Rede und damit den Verständigungskonsens, das Blut der Demokratie, verdrängen.

Pablo parkte sein Auto vor dem Haus *Am Leonhardsbrunn* hinter dem Dienstwagen von Imke Stoll. Er klingelte. Es dauerte eine Weile, bis ihm die Tür geöffnet wurde. Er blickte in zwei schneeweiße, ungewöhnlich große Augen, die von schwarz glänzenden, schulterlangen Haaren eingerahmt wurden, die so makellos waren, dass er geneigt war, sie als Perücke zu identifizieren. Die exotische Schönheit bat ihn mit ernster Miene in die Wohnung.

»Sie sind Herr Rubin? Sie werden schon erwartet.«

»Darf ich fragen, wer *Sie* sind?«

»Mein Name ist Ada Ababi. Ich bin eine Freundin von Herrn Alabi und wohne vorübergehend hier. Aber kommen Sie doch bitte herein», sagte sie in fast akzentfreiem Deutsch.

Ada ging voraus und führte ihn in das Wohnzimmer, wo Alabi, so als ob er in seinem Sessel eingenickt war, saß. Sein Kopf war nach vorne abgeknickt, das Kinn auf der Brust. Sein linker Arm hing schlaff herunter, auf dem Boden unterhalb der Hand lag eine Pistole.

Imke kam auf ihn zu und begrüßte ihn.

»Gibt es Anhaltspunkte, die gegen einen Suizid sprechen?« fragte Pablo.

»Eigentlich spricht vorerst nur der Charakter von Alabi gegen eine Selbsttötung«, sagte Imke.

»Das ist allerdings sehr subjektiv. Objektive Erkenntnisse gibt es nicht?«

»Das ist richtig, eine Charaktereinschätzung ist kein sehr belastbares, beweiskräftiges objektives Merkmal ... und trotzdem, ich habe das Gefühl, dass irgendetwas nicht stimmt. Kein Abschiedsbrief, keine Nachricht an Frau Kühn oder an Frau Ababi, die bei ihm wohnt. Und Rechtsanwalt Buddendiek sagte mir, als ich mit ihm heute Morgen telefonierte, dass Alabi, als er gestern gegen elf Uhr das Präsidium verließ, zuversichtlich gewirkt hatte, und er hatte den Eindruck, dass Alabi bereit war, für die Wiederherstellung seines beschmutzten Namens und seiner Ehre zu kämpfen.«

Ada machte sich in Pablos Rücken bemerkbar.

»Wenn ich mich dazu äußern darf, Herr Rubin, ich kann das nur bestätigen. Amos war Vieles, aber kein Mensch, der schnell klein beigibt. Ich weiß nicht, was dort im Präsidium vorgefallen ist, aber es muss etwas völlig Abwegiges gewesen sein, ansonsten kann ich mir einen Suizid nicht vorstellen.«

»Welche Abwegigkeit könnte ihrer Meinung nach Herrn Alabi zu solch einer Tat bewegen?« fragte Pablo.

Ada überlegte lange.

»Soweit ich ihn kenne, könnte es etwas sein, das entweder sein Ehr- oder Schamgefühl extrem verletzt hat oder beides.«

»Waren Sie in der Wohnung, als er zurückkam? Haben Sie noch mit ihm gesprochen?«

»Ich war bis spät abends auf einem Kongress und habe dann bei einer Freundin übernachtet. Ich bin erst heute Morgen in die Wohnung von Amos zurückgekommen und habe ihn so, wie Sie ihn hier sehen, vorgefunden. Ich habe dann gleich die Polizei angerufen, die mich mit Frau Stoll verbunden hatte.«

Pablo sah zu Imke, die nickte.

»War die Tür verschlossen, als Sie kamen?«

»Ja.«

»Ist Ihnen irgendetwas aufgefallen an der Wohnung, irgendwelche Veränderungen an der Einrichtung? War eine Balkontür oder ein Fenster offen? Fehlt etwas?«

»Nein. Aber ich war so schockiert, als ich Amos blutverschmiert dasitzen sah, dass ich nicht auf so etwas geachtet habe.«

»Kannten Sie Herrn Alabi schon lange?«

»Ja, sehr lange. Wir waren früher einmal liiert ..., bevor er Sine Kühn kennengelernt hatte. Seitdem sind ... waren wir gute Freunde.«

»Gab es zwischen Ihnen und Frau Kühn Unstimmigkeiten?«

Ada sah Pablo an. Sie verstand die Frage nicht.

»Herr Rubin meint, ob es zwischen Ihnen und Frau Kühn Rivalitäten oder Eifersuchtsauseinandersetzungen gegeben hat«, übersetzte Imke Pablos Frage.

»Nein, nein. Überhaupt nicht. Frau Kühn und ich hatten uns letzten Samstag hier zufällig getroffen und wir hatten uns normal unterhalten.«

»Frau Ababi, ich möchte Sie bitten, sich etwas in der Wohnung umzusehen und nochmals genauer zu prüfen, ob etwas fehlt, ob irgendetwas anders ist, als vorher.«

Als Ada weg war, wandte sich Pablo Imke zu.

»Wenn es ein Fremdverschulden gab, muss der- oder diejenige einen Schlüssel gehabt haben oder gut mit Alabi bekannt gewesen sein und ihn in seine Wohnung hereingebeten haben. Nachts um halbzwölf lässt man nicht so ohne weiteres Fremde in die Wohnung.«

»Und wir sollten auch unbedingt nochmals mit Frau Kühn sprechen. Die meisten Dramen spielen sich im engeren Familien- und Freundeskreis ab«, sagte Imke.

»Ich glaube nicht, dass die Kühn involviert ist. Trotzdem, du hast recht. Sie war in der Wohnung, als der Staatsanwalt kam und kann uns vielleicht über die Hintergründe der Festnahme von Alabi aufklären ..., in die uns die Staatsanwaltschaft und der Verfassungsschutz nur mit großem Widerwillen einweihen will«, fügte Pablo etwas süffisant hinzu. »Was ist das übrigens für eine Pistole? Wissen wir schon mehr darüber?«

»Es handelt sich um eine P 30 von Heckler & Koch, wahrscheinlich Kaliber 9 mm. Aber das muss noch verifiziert werden.«

»Interessant. Gib sie in den Computer ein. Vielleicht kann er uns über die Vita dieser Waffe etwas ausspucken.«

»Was ist daran interessant? Es ist eine ganz normale Handfeuerwaffe.«

Pablo schmunzelte in sich hinein.

»Dazu kann ich jetzt noch nichts sagen. Überprüfe sie einfach, dann reden wir weiter. Und wir sollten sicherheitshalber die Leiche obduzieren und die Spurensicherung kommen lassen, solange der Suizid nicht hundertprozentig gesichert ist.«

»Du gehst von Mord aus, Pablo?«

»Nein, aber man muss alles in Erwägung ziehen. Haben wir das nicht in der Polizeischule gelernt?«

»Was ziehen Sie denn außer Selbstmord sonst noch in Erwägung, Herr Rubin? Der Fall liegt doch wohl klar auf der Hand«, schaltete sich plötzlich Staatsanwalt Sänger in das Gespräch ein.

Pablo drehte sich überrascht um. Sänger war unbemerkt hinter ihm in das Wohnzimmer getreten, in seinem Schlepptau Arno Freud, der wie eine Klette an ihm zu hängen schien.

»Ich mache mir große Vorwürfe, dass wir ihn gestern Nacht auf Druck von Rechtsanwalt Buddendiek nach Hause entlassen haben. Alabi sah am Ende unserer Befragung mitgenommen und labil aus. Wir hätten ihn unter Beobachtung im Präsidium behalten sollen.«

»Was hat ihn denn so mitgenommen, Herr Sänger?«

»Nun, wir haben ihn mit unseren Erkenntnissen konfrontiert und hatten vor, ihn in U-Haft zu nehmen. Er erschien uns ziemlich schockiert über unsere Ermittlungsergebnisse. Und mit seinem Selbstmord hat er nun unsere Vermutungen bestätigt. Er ist an seiner Schuld zerbrochen und das hätten wir ahnen können. Jetzt können wir ihn leider nicht weiter befragen, was uns erschwert, die Hintermänner dingfest zu machen.«

Pablo schaute sich um, aber Ada Ababi war nirgends zu sehen. Er senkte trotzdem die Stimme, um zu verhindern, dass sie ihn hörte.

»Sie glauben immer noch, dass Ada und Tayo Ababi ein verlängerter Arm der Boko Haram und in Terroranschläge verwickelt sind?«

»Bei Tajo Abebi sind wir uns ziemlich sicher. Jetzt, nach dem Selbstmord von Alabi, mehr denn je«, sagte Freud mit bemüht tonloser Stimme, die aber doch eine gewisse Genugtuung mitschwingen ließ.

Imke sah in das fischblütige Gesicht mit den slawischen Backenknochen und den grauen wasserfarbenen Augen und bekam eine Ahnung davon, was es bedeutete, in die Fänge seines grimmig-galligen Temperaments zu geraten.

»Sie sprechen immer von Abebi, aber Ada stellte sich uns als Frau Ababi vor. Sind Sie ganz sicher, dass wir von der gleichen Person sprechen?«

»Davon gehe ich aus, Frau Stoll, ganz sicher«, sagte Freud spitz.

»Dann haben Sie wohl nichts dagegen, wenn wir Frau Ababi kommen lassen und sie fragen, wie sie wirklich heißt, Herr Freud.«

Pablo war schon weg, um Ada zu holen. Ihm schwante, was geschehen war und er freute sich schon darauf, Freuds einzementierte Ruhe zerbersten zu sehen.

»Können Sie uns bitte Ihren Namen sagen?« fragte Imke, als Ada den Raum betrat.

Sie guckte etwas verwundert in die Runde, deren Augen mit Spannung auf sie gerichtet waren.

»Ich hatte mich doch schon vorgestellt, stimmt etwas nicht?«

»Es gibt Unstimmigkeiten. Sagen Sie uns bitte einfach Ihren vollen Namen.«

»Mein Name ist Ada Ababi.«

»Können Sie ihn bitte buchstabieren? fragte Pablo.

Sie buchstabierte Ihren Namen. Es gab keinen Zweifel.

»Und wie heißt Ihr Bruder?« fragte Rubin.

»Tayo Ababi. Warum?«

»Können Sie bitte den Vornamen buchstabieren?«

»T a y o.«

»Er schreibt sich nicht Tajo mit einem J?«

»Aber ich bitte Sie, Herr Rubin, ich werde wohl noch wissen, wie der Name meines Bruders geschrieben wird.«

Pablo beobachtete Freud und konnte sich eines breiten Grinsens nicht erwehren. Dessen Augen verengten sich zu kleinen Schlitzen, sein Unterkiefer hing schlaff herunter und unter die Fahlheit seiner Gesichtshaut mischte sich ein rötlicher Schimmer. Freud sah zu Sänger, der mit beiden Händen in sein schon schütteres Haupthaar griff.

Pablo konnte seinen Triumph kaum verbergen und es reizte ihn, sich in deren Niederlage zu suhlen und die Risse in deren rückwärtsgerichteten, paranoiden Patina aufzureißen.

»Ich nehme an, meine Herren, sie wissen auch noch nicht, dass der Vergewaltigungsvorwurf gegen Herrn Alabi vom Tisch ist. Herr Kupka hatte Frau Blunt zu einer Falschaussage angestiftet. Sie wird heute noch ihre Anzeige zurückziehen. Herr Alabi ist also frei von jeglicher Schuld.«

»Und dadurch wird das Geschehen hier noch schrecklicher, noch unfassbarer«, fügte Imke hinzu.

»Wir werden mit allen uns zur Verfügung stehenden Mitteln aufzuklären versuchen, wie es zu diesem Todesfall gekommen ist. Ich hoffe, Herr Sänger, wir haben hierfür ihre vollste Unterstützung, ansonsten...« Pablo unterbrach sich und sah zu Sänger.

Dieser nickte fast unmerklich mit dem Kopf.

Pablo bat Imke hierzubleiben und die Spuren- und Tatortsicherung zu überwachen.

Er selbst machte sich auf den Weg zu Sine. André Janssen öffnete ihm die Tür, nahm ihn beiseite und bat ihn, äußerst behutsam mit Sine zu sprechen, da sie völlig verzweifelt sei und sich eine Teilschuld an dem Selbstmord gebe, weil sie nicht bei ihm geblieben sei. Als Pablo hinter Janssen herging, konnte er sich nicht des Eindrucks erwehren, dieses Gesicht schon einmal irgendwo gesehen zu haben. Aber ihm fiel partout nicht ein, wo er ihn einordnen könnte.

Sine saß auf ihrer Dachterrasse und starrte mit feuchten Augen vor sich hin. André ging zu ihr hin und berührte mit seiner Hand ihre Schulter. Sie zuckte zusammen. Er sagte ihr, dass Hauptkommissar Rubin hier sei und sie sprechen wolle. Sie sah ihn etwas verwirrt an. Es war ihr unverständlich, warum bei einem Selbstmord die Kriminalpolizei eingeschaltet worden war.

Pablo zog einen Korbstuhl zu sich heran und setzte sich neben Sine Kühn. Es tat ihm weh, die innerlich zerbrochene, die in sich zusammengesunkene Gestalt anzusehen. Hinter Kühn stand Janssen, beide Hände auf ihren Schultern, wobei er mit den Daumen sanft ihren Nacken massierte. Ein fast vertrauliches Bild und Pablo fragte sich, ob die beiden mehr als Freundschaft verbinde.

»Frau Kühn, ich möchte Ihnen mein tiefes Beileid über den Tod Ihres Lebensgefährten aussprechen. Gleichzeitig lassen Sie mich sagen, dass Herr Alabi nicht mehr der Vergewaltigung bezichtigt wird. Frau Blunt hat ihre Anzeige zurückgezogen. Das nutzt zwar Ihrem Freund nichts mehr, aber es nimmt vielleicht ein klein wenig Schwere von *Ihren* Schultern.«

André sah Pablo überrascht an. Er beendete abrupt seine Nackenmassage und trat einen Schritt hinter Sine zurück.

»Tut es. Im gewissen Sinne reduziert es etwas das quälende Unbehagen. Aber sein Tod selbst wird für mich dadurch nicht erträglicher. Im Gegenteil er erscheint mir noch tragischer, noch grauenvoller, noch sinnloser und das ganze Geschehen wird dadurch nicht verständlicher«, sagte Sine.

»Ich denke, Sie und ich wollen die Hintergründe der Tat verstehen. Wir wollen beide wissen, was und warum es geschehen ist«, sagte Pablo.

Sine sah ihn irritiert an, dann senkte sie kurz den Kopf, was wohl als bejahende Antwort verstanden werden konnte.

»Was geschehen ist, ist mir absolut unbegreiflich. Aber es ist mir ein gewisser Trost, dass Sie es auch nicht verstehen, obwohl Ihrem Unverständnis wohl etwas Anderes zugrunde liegt, als meinem. Sie kennen Amos nicht.«

»Das ist richtig, aber so wie *ich* ihn kennengelernt hatte, schien er mir zu keiner solchen Gewalttat fähig. Dazu hatte er viel zu viel Respekt vor dem Menschen.«

»Sind Sie sicher, dass Ellen Blunt die Wahrheit sagt? Vielleicht wurde sie unter Druck gesetzt?« fragte Janssen.

Sine drehte sich langsam um, sah André fassungslos an und schlug die Hände über dem Kopf zusammen. Sie verstand Andrés Zweifel nicht.

»Hatten Sie Herrn Alabi zugetraut, eine Frau zu vergewaltigen, Herr Janssen?« fragte Pablo.

»Nein, natürlich nicht, aber ich weiß, wozu der Mensch fähig ist, wenn er seine Natur nicht bändigt.«

»André, was faselst du da? Ich dachte, du bist sein Freund«, schrie Sine ihm ins Gesicht.

»Das bin ich auch. Aber ich kannte ihn und wusste, was er mit dem Begriff *Mann-Sein* verband. Er hatte mir von seiner Familie in Nigeria erzählt und mir wurde klar, dass für ihn Männlichkeit einen ganz besonderen, ich würde sogar sagen, einen übertrieben hohen Wert besaß, eine übersteigerte Bedeutung einnahm. Hast du das nie bei ihm so empfunden, Sine? Gerade in sexuellen Dingen war er anscheinend manchmal, wie er mir zu Beginn unserer Freundschaft einmal anvertraut hatte, recht ungestüm und fordernd? Dies Verhalten lag einfach in seinem Charakter. Als ich dann von dem Vergewaltigungsvorwurf erfuhr, dachte ich mir, dass, falls die Blunt ihn angemacht hatte und wie ein Schmetterling um seinen Penis geflattert war, es möglich gewesen wäre, dass er seine Triebe nicht mehr unter Kontrolle gebracht hatte.«

»Er liebte mich!«

»Ich kann das nicht beurteilen. Wenn du das sagst, wird es auch so sein. Ich will das nicht in Abrede stellen. Aber für ihn hatte es möglicherweise einen anderen Stellenwert, mit einer anderen Frau ins Bett zu gehen. Dadurch stellte er seine Liebe zu dir nicht in Frage. Liebe gehörte für ihn zu einer anderen Kategorie. Sie war für ihn etwas Hehres, vielleicht sogar etwas Heiliges. Aber, wie ging er mit

Frauen im Allgemeinen um? Ein erfolgsgewohnter Mann wie er, der es gewohnt war zu bekommen, was er wollte, verhält sich möglicherweise bei Frauen genauso und räumt, so war mein Eindruck, Hindernisse, die seinen Bedürfnissen entgegenstehen, beiseite.«

»Das ist doch absurd, André. Du zeichnest ein Bild von ihm, als ob er ein unkontrollierter Triebtäter wäre.«

»Vielleicht ist es absurd. Aber es könnte doch sein, dass Amos' Sehnsucht nach edler Liebe und die Verlockungen, die seinem Machismo entspringen, zwei Seiten einer Medaille sind.«

Pablo hatte den Disput zwischen den Beiden mit steigendem Staunen verfolgt und versuchte den sich anbahnenden Dissens abzufedern.

»Sie reden, als ob Herr Alabi tatsächlich eine Vergewaltigung begangen hätte. Aber die Tat geschah nur virtuell in den antisozialen Medien und Köpfen einiger verwirrter Chaoten, die Alabi zugrunde richten wollten, was ihnen auch durchaus gelungen ist. Die entscheidende Frage ist doch jetzt, trauen sie Alabi zu, sich selbst zu töten? Wenn nicht, wer hätte ein Interesse, ihn tot zu sehen?«

»Nehmen wir an, es stimmt, dass er unschuldig war, dann bleibt der Fakt der behaupteten Vergewaltigung im Netz, die dort ihr Eigenleben führt und der er nicht entkommt. Aber vielleicht noch wichtiger, was wir bis jetzt noch gar nicht angesprochen haben, ist die Tatsache seiner Mitgliedschaft in einer Terroristischen Vereinigung. Sowohl der irrationalen Realität des Netzes als auch der konkreten terroristischen Verstrickung konnte er, das ist meine Meinung, nur durch den Freitod entkommen«, sagte André mit großer Überzeugung.

»Ich bin ganz anderer Meinung. Es mag sein, dass er manchmal mit sich kämpfte, aber Amos war kein Mensch, der klein beigab. Er stritt für seine Vorstellungen von Menschlichkeit und Gerechtigkeit. Er würde sich nie mit inhumanem Verhalten abfinden. Und das ist auch der Grund, warum ich nicht glaube, dass er irgendetwas mit Terroristen zu tun hatte. Nichts, gar nichts!« sagte Sine und sah dabei André herausfordernd an.

»Und wieder streiten Sie an den Realitäten vorbei«, griff Pablo in die Diskussion ein. »Hinsichtlich des Terrorismusvorwurfs scheint Herr Alabi Opfer einer dramatischen und, wie man jetzt wohl sagen muss, auch tragischen Namensverwechslung geworden zu sein. Er ist unschuldig. Es handelte sich bei diesem Vorwurf ganz banal um einen Irrtum. Er hat, wie man im Volksmund sagt, in allen ihm vorgeworfenen Punkten eine persilreine Weste.«

André blickte ihn ungläubig an und schüttelte den Kopf.

»Glaubst du das nicht, André? Warum bist du eigentlich bei allem, was Amos betrifft, so misstrauisch?«, fragte Sine verärgert.

André reagierte auf die Frage mit einem geheimnisvollen Lächeln im Gesicht.

»Ich kenne ihn anders, als du ihn erlebt hast. Aber lassen wir das«, sagte André und wandte sich Pablo zu.

»Ist das alles schon hieb- und stichfest, was Sie da behaupten? Sie stellen ihm einen Persilschein aus, um bei ihrem Wortspiel zu bleiben. Warum aber hat er sich dann umgebracht? Das gibt doch keinen Sinn.«

»Eben, das gibt alles keinen Sinn. Deswegen bin ich auch noch nicht von einem Suizid überzeugt.«

»Denken Sie etwa an einen Mord? Das wäre doch noch unsinniger. Sie haben vorhin selbst die Frage aufgeworfen: Wer sollte ein Interesse an seinem Tod haben?«

»Diejenigen, die ihm im Netz so übel mitgespielt haben«, sagte Sine für Pablo, dem die Frage eigentlich galt. »Wer solche unflätigen Drohungen von sich absondert, der ist auch in der Lage jemanden umzubringen! Ich hatte Amos geraten, sich zu seiner Sicherheit eine Pistole zu besorgen. Er hatte das kategorisch abgelehnt«, echauffierte sich Sine.

»Er hatte also keine Pistole bei sich zu Hause?« fragte Pablo.

»Mit Sicherheit nicht.«

»Obwohl, wie ich mich erinnere, in einem dieser Pamphlete, so wörtlich, ›die Todesstrafe für schwarze Vergewaltigungsmonster‹ gefordert wurde«, fügte Pablo hinzu.

»Da haben wir doch das Motiv für einen Mord. Selbstjustiz des braunen Mobs!« sagte Sine.

»Obwohl, so ist meine Erfahrung, Worte und Taten bei diesen Leuten nicht immer dasselbe sind, ein mögliches Motiv wäre es schon. Wir beobachten, dass es immer mehr Menschen aus dieser Ecke nicht mehr nur bei Worten belassen, sondern sie ihren kruden Verschwörungstheorien auch Taten folgen lassen.«

»Ermitteln Sie in diese Richtung weiter?« fragte Sine.

»Zu Beginn der Untersuchungen ist es üblich in alle Richtungen zu ermitteln. Darf ich Sie fragen, wo Sie gestern zwischen halbzwölf und etwa drei Uhr morgens waren.«

Sine musste laut lachen.

»Sie glauben doch nicht, dass ich ...«

»Ich glaube überhaupt nichts, Frau Kühn. Es ist reine Routine.«

»Nun gut, ich war im Bett ... Allein.«

»Und wo waren Sie, Herr Janssen?«

»Ich war ebenfalls im Bett und leider auch allein«, sagte Janssen und sah dabei zu Sine.

Pablo verabschiedete sich mit den Worten: »Sie werden dann von mir hören.«

Kapitel 15

Sine schaute André mit gemischten Gefühlen nach, als er den Kommissar zur Wohnungstür begleitete. Sie wusste wenig über ihn. Amos hatte ihr einmal gesagt, dass André sich nicht mehr künstlerisch betätige. Auch hätte sich die freundschaftliche Beziehung sehr gelockert und sie sähen sich allenfalls noch zu besonderen Anlässen, obwohl er doch nur einen Katzensprung von hier in Wiesbaden wohne. Jetzt nach Amos' Tod tauchte er plötzlich wieder auf und zeigte unverkennbar Interesse an ihr. Er wurde ihr von Stunde zu Stunde unsympathischer.

Sie ging auf die Terrasse und sah, wie Rubin unten auf der Straße in einen Peugeot stieg und davonfuhr.

Nie mehr wird Amos mir von da unten zuwinken. Nie mehr wird er mich in seine Arme nehmen. Nie mehr werde ich sein Lachen hören und den unverwechselbaren Duft seines Körpers riechen. Ich werde ohne alles sein und einen Freundschaftspakt mit der Einsamkeit schließen müssen.

Als Sine, an das Geländer gelehnt, versonnen auf die Straße blickte, spürte sie, wie sie von André beobachtet wurde. Sie drehte sich um und sah ihn an der Terrassentür gelehnt stehen. Eine Hand hatte er in der Tasche seiner Hose, in der anderen hielt er eine Zigarette.

Sine fühlte sich unwohl dabei, mit André alleine in der Wohnung zu sein. Sie sagte ihm, dass sie in dieser Situation gerne allein sein wolle und bat ihn, ebenfalls zu gehen.

»Ich wollte dir helfen und für dich da sein. Aber wenn du Zeit für dich brauchst, kann ich das verstehen. Ich komme gern ein andermal wieder. Wäre es dir morgen recht?«

Sine fühlte sich bedrängt.

»Gib mir ein paar Tage.«

»Gut, ich melde mich bei dir.«

Am übernächsten Tag rief André bei ihr an und lud sie ein, mit ihm abends zum Essen zu gehen. Sie sagte, dass sie zurzeit keine Menschen um sich haben könnte und lehnte dankend ab.

»Dann komme ich am Abend zu dir nach Hause und wir können ungestört reden«, schlug er vor.

»Eigentlich bin ich ganz gerne allein, aber wenn du vorbeikommen willst, wäre es mir am Nachmittag lieber«, gab sie seinem Drängen nach. Sie wollte nicht unhöflich sein und den Freund von Amos wieder abweisen. Außerdem war sie neugierig zu erfahren, was der Grund war, der dazu geführt hat, dass sich die beiden ehemaligen dicken Freunde in letzter Zeit aus dem Weg gingen.

Nachdem André auf der Terrasse unter einem Sonnenschirm Platz genommen und Sine aus einer blauen Muranoglaskaraffe Orangensaft in zwei Gläser geschenkt hatte, lächelte André sie an. Er drückte nochmals sein Bedauern über Amos' Tod aus, unter dem sie sicherlich sehr leiden würde, und versicherte ihr, dass er sich glücklich schätzen würde, wenn er etwas für sie tun könnte.

»Das ist nett von dir, aber ich komme gut alleine zurecht.« Sine zögerte und fuhr dann fort: »Sag mir doch bitte, André, woher kommt dein plötzliches Interesse an mir?«

»Kannst du dich noch an die Kneipentour mit deiner Freundin Meriel und Amos erinnern? Wir vier waren am Schluss alle ziemlich betrunken und du hattest mir gesagt, wenn Amos nicht gewesen wäre, hättest du eventuell auch für mich Feuer fangen können. Ich habe diesen Satz nie vergessen.«

»Nein, ich kann mich nicht daran erinnern. So etwas sagt man manchmal, wenn man flirtet und jemandem ein paar Höflichkeiten sagen will. Es war sicher rein hypothetisch gemeint, da Amos kein Konjunktiv war«, sagte Sine in sachlichem Tonfall, da sie spürte, auf was sein Rückgriff auf die Vergangenheit hinauslaufen sollte.

»Du und Amos, ihr wart damals doch eng befreundet. Wie er mir aber einmal sagte, hat sich die Verbindung zwischen euch gelockert. Ist das richtig? Was war der Grund?«

»Ich hatte mich in dich verliebt, sah aber keine Chance, dich zurückzugewinnen …«

»Was heißt zurückgewinnen, du hast mich nie gehabt«, unterbrach sie ihn.

»Gut, sagen wir, ich hatte keine Chance gegen Amos. Ich wollte Abstand zu dir und bin nach Wiesbaden gezogen.«

»Und jetzt kommst du zurück und denkst dir, dass du die Zeit zurückdrehen kannst, als ob Amos nicht existiert hätte?«

»Nein, so naiv bin ich nicht, aber ich habe dich nie vergessen und im Geheimen immer von dir geschwärmt.«

Sine ging auf die Bemerkung nicht ein.

»Was hat dich gerade an Wiesbaden gereizt?«

»Ich bin schon seit längerem beim Hessischen Innenministerium, sogar schon in der Zeit, als ich noch künstlerisch engagiert war. Ich habe dann die Möglichkeit bekommen, mich von meiner Arbeitsstelle in Frankfurt nach Wiesbaden versetzen zu lassen.«

»Und was arbeitest du dort, was machst du beruflich?«

André zögerte mit der Antwort und suchte offensichtlich nach den passenden Worten, seine Arbeit zu beschreiben.

»Nun, ich bin dort Beamter«, sagte er schließlich wortkarg.

»Als Beamter ist man besonders verpflichtet, sich für die Demokratie und das Grundgesetz einzusetzen. Wie siehst du dich selbst? Fühlst du dich im besonderen Maß in der Pflicht, dem Staat zu dienen?«

»Ich bin, wenn du so willst, von Beruf Staatsdiener. Aber ich habe natürlich, wie jeder Bürger, meine eigene Meinung zum Staat, seinen Organen und den führenden Vertretern des Staates.«

»Natürlich. Und wie beurteilst du das Geschehen um Amos und allgemein die rechtsradikale Hetze gegen Ausländer, Minderheiten und Flüchtlinge in Deutschland? Wie wird das bei euch im Innenministerium, das doch im besonderen Maße für die Sicherheit der Bürger zuständig ist, diskutiert?«

»Nun, ich denke, wir brauchen einen wehrhaften Staat. Wir müssen massiv gegen Terroristen vorgehen, die unser Gemeinwesen zersetzen. Ich halte die Flüchtlings- und Ausländerpolitik für grundfalsch, weil sie den Staat wehrlos macht. Und wenn du mich schon nach meiner Meinung fragst: wir brauchen eine Bewegung, nicht konservativ oder links oder rechts im traditionellen Sinne, sondern radikal und revolutionär. Viele Leute zweifeln heute an der liberalen Demokratie und opponieren gegen das Establishment. Sie machen das System für die Spaltung der Gesellschaft verantwortlich, ein politisches System, das zu schwach ist, für Gerechtigkeit zu sorgen, die Kluft zwischen arm und reich zu verringern, Sicherheit zu garantieren und gegen Überfremdung vorzugehen. Deswegen bin ich davon überzeugt, dass die Verhältnisse radikal verändert werden müssen. Und das geht nicht, indem man Sonntagsreden schwingt, sondern nur über die Tat. Dazu bedarf es einer starken Hand.«

Sine hatte ihm mit offenem Mund und wachsendem Erstaunen zugehört.

»Bist du dir im Klaren, was das alles für Konsequenzen hat? Wem du da um den Mund redest? Demokratien stützen sich auf Institutionen, nicht auf Individuen und starke Hände. Du scheinst politische Systeme zu bewundert, in denen Personen wichtiger sind. So wie das in Russland der Fall ist. Putin bedient sich einer autoritären Sprache, er sagt Dinge, die offensichtlich Lügen sind und bewegt sich damit auf einer Ebene offener, aggressiver Unehrlichkeit und untergräbt die Freiheit der Presse, die demokratische Verfassung, das Justizsystem. Das ist ein neuer politischer Stil, den auch Trump und Gauland praktizieren, und das Schlimmste ist: den Leuten sind die Lügen und deren Folgen egal. Hauptsache das sogenannte Establishment kriegt eins auf die Ohren. Ist es das, was dir vorschwebt, wenn du davon sprichst, die Verhältnisse radikal zu ändern?«

»Sine, du übertreibst. Siehst du nicht, wohin der ganze Globalisierungswahn führt? Siehst du nicht die Aggressivität der Islamisten hier und in der Welt? Politik ist eine Frage der Haltung und nicht so sehr der Vernunft, der Rationalität und der Berechnung. Ich glaube auch nicht an universelle Wahrheiten und dauerhafte normative Verbindlichkeiten. Das ist fauler Zauber und verdeckt die realen Verhältnisse. Der Mensch macht Wahrheit und Geschichte. Er ist Formgeber, Gestalter und Bändiger der Unordnung, die um uns herum herrscht. Wir müssen unterscheiden, wer Freund und wer Feind ist, wir müssen klar benennen, was gut und was böse ist. Das Volk, der Souverän, hat ein feines Empfinden dafür. Und klar ist auch, dass nur derjenige souverän ist, der die Verhältnisse bestimmen kann, der sagen kann, dies darf so sein und jenes nicht. Ihm will ich mehr Macht geben. Es ist mein Anliegen, Sprachrohr des souveränen Volkes zu sein. Das sehe ich nicht als undemokratisch an.«

»Du sagst, ich übertreibe. Was soll ich dann davon halten, wenn die rechtsextremen Nationalisten Staatsgrenzen nach kulturell-rassischen Gesichtspunkten fordern. Begründung: Europa sei das Land der weißen Rasse und habe ein Recht darauf, dies notfalls mit militärischer Gewalt sicherzustellen. Solche Leute sprechen von einer Demokratur der BRD und ihrer Führungsschicht. Sie sei ideologisch verblendet und deswegen verdiene diese Nomenklatura am Tag der Abrechnung auch keine Gnade. Ein anderer Funktionär der extremen Rechten wurde noch deutlicher: Wer mit der Fremdherrschaft ins Bett steigt, gehört weg, ohne viel Federlesens, Kroppzeug, das man ausmisten muss. Und die AfD schließt sich, leicht abgemildert und verbrämt, dieser Argumentation an. Willst du solchen Leuten die Entscheidung darüber überlassen, wer Freund und wer Feind ist? Ist das eine Haltung, eine Sprache, die du billigen kannst, André? Wenn solche Leute in Deutschland und Europa an die Macht kommen, wird, so befürchte ich, extreme Intoleranz herrschen. Man wird damit beginnen, Leute aus dem Land auszuweisen, die nicht einheimisch sind. Es wird ein Europa entstehen, in dem an vielen Orten die Demokratie endet. Es wird noch mehr Einparteienstaaten geben, wie er in Ungarn faktisch schon existiert. Die Russen haben es vorgeführt. Die Türken und die Polen versuchen es ebenfalls durchzusetzen. Die Techniken dafür sind jetzt bekannt. Es wird ein finsteres Europa werden und die neuen Spaltungen werden sich verfestigen, nämlich jene zwischen Weltbürgertum und Nationalismus, Öffnung und Abschottung, Würde und Entwürdigung der Menschen. Es geht diesen Menschen letztendlich um das Zerstören: der Institutionen, der Demokratie und der Menschen, die nicht in diese Ideologie passen. Einen Anfang haben sie mit Amos gemacht. Dagegen müssen wir unsere Stimme erheben – ich jedenfalls werde kämpfen, das bin ich nicht nur Amos schuldig.«

»Meine Güte, Sine. Es gibt überall Spinner. Aber diese stehen doch nicht für das Ganze. Ich bin wie du dagegen, dass die weiße Rasse über alles gestellt wird, aber wir können auch nicht die ganze Welt willkommen heißen. Das hält die deutsche Gesellschaft nicht aus und zerstört unsere Kultur. Das ist nun einmal eine der Wahrheiten, die man respektieren muss.«

»Ich möchte jetzt nicht über einzelne Aspekte mit dir streiten. Aber ich habe das Gefühl, dass du deren große Linie rechtfertigst. Das kann ich nicht verstehen, der du einmal ein Freund von Amos warst und früher offenbar ganz andere Ansichten vertreten hast. In den 1930er-Jahren zweifelten die Leute an der liberalen Demokratie und glaubten nicht mehr daran. Sie sprachen von Demokratismus, von Schwatzbude und dem System, das korrupt und zu schwach sei, um eine Wende einzuleiten. Die AfD spricht heute von dem Parlament als einem illegitimen, politischen Kartell. Es sind die gleichen Dinge, die man von heutigen rechtspopulistischen Bewegungen hört, die sich, wie die Rechte schon damals, eine Rückkehr in eine Ära wünschen, die in ihren Augen ethnisch reiner und darum besser war. Also sage ich: wehret den Anfängen. Wurde die NSDAP anfänglich nicht auch als Spinnerpartei abgetan?«

»Ich spreche nicht von ethnischen Säuberungen oder anderen Kampfbegriffen der Linken. Du wirst mir aber doch recht geben, dass die Mentalität der Afghanen, der Pakistani, der Syrer eine andere als die eines Durchschnittsdeutschen ist. Und es gibt auch viele Deutsche, die lieber einen Nachbar haben, mit dem sie in ihrer Muttersprache reden, der dieselben Wertvorstellungen vertritt, und denen es schwerfällt, neben einer vollverschleierten Muslimin zu leben.«

»Es mag solche Leute geben, sicher. Aber diese Menschen haben nicht das Recht, jene zu diskriminieren und ihnen die Menschenwürde abzusprechen, wie sie auch kein Recht haben Juden, Homosexuelle, Intersexuelle, Transgender oder sonstige

Minderheiten herabzuwürdigen. Wenn ihnen etwas nicht passt, gibt es genug Wege, sich damit auseinanderzusetzen. Sie können mit ihnen reden. Sie können Gerichte anrufen oder letztendlich versuchen, Mehrheiten für ihre Ideen zu gewinnen, um ein Gesetz zu ändern.«

»Genau das versuchen sie aber doch.«

»Aber mit welchen Methoden: mit Lügen, mit Unterstellungen, mit Verschwörungstheorien, mit Vorurteilen, mit Brutalität und Einschüchterungsversuchen. Nochmal, mir ist unerklärlich, wie du mit solchen Leuten gemeinsame Sache machen kannst.«

»Aber das mache ich doch gar nicht. Ich differenziere durchaus. Ich bin kein Spinner.«

»Nein, das bist du nicht, und gerade deswegen bist du vielleicht gefährlicher als alle anderen. Du hast eine Theorie, eine Leitlinie, wie alles werden soll. Vielleicht instrumentalisierst du sogar die Spinner zu deinen Zwecken, stachelst sie zu Hetze und Dummheiten an, um dann abzuwiegeln und zu sagen: Seht ihr, das da sind die Spinner und Hetzer! Wir aber sind nicht so. Uns könnt ihr vertrauen. Aber irgendwann hast du die anderen vielleicht nicht mehr im Griff.«

»Du überhöhst meinen Einfluss total. Außerdem liegt mir jede Hetze oder Anstiftung zu Krawall fern. Ich bin ein unbedeutender Beamter, der sich über Politik einige Gedanken gemacht hat.«

»Leider machst du dir Gedanken, die in eine gefährliche Richtung zeigen. Hängt das mit deinem Umfeld oder deiner Arbeit zusammen? Mich würde jetzt doch sehr interessieren, was du im Innenministerium genau machst. Ist dort nicht auch der Staatsschutz beheimatet? Es wäre ein makabrer Scherz, wenn gerade du in dieser Abteilung arbeiten würdest.«

»Darüber möchte ich jetzt nicht mit dir reden. Ich finde es aber schon ziemlich überheblich, dass du mir absprichst, eine eigene Meinung haben zu können, die du für dich selbstverständlich in Anspruch nimmst, so, als ob nur du die richtigen Gedanken denken könntest.«

Die Diskussion zog sich noch lange hin und verhärtete sich zusehends. Sine spürte immer deutlicher die Einsamkeit, den Verlust eines vertrauensvollen, gleichgesinnten Gesprächspartners. Wen hatte sie noch, an den sie sich wenden konnte, dem sie sich öffnen konnte. Sie erinnerte sich, wie so oft in solchen Situationen, an die Worte ihres Vaters, der ihr sagte, letztendlich könne sie nur sich selbst vertrauen. Hör darauf, was dein Gefühl und dein Kopf dir sagen. Sie stand auf, ging an die Brüstung der Terrasse und schaute hinunter zum Main, der träge dahinfloss, sich von nichts hat aufhalten lassen und so in Jahrtausenden seinen Verlauf im Großen und Ganzen selbst bestimmt hatte.

»Schade, dass wir Politik und Privates so ungut vermischt haben. Ich mag dich, Sine, und ich würde mich freuen, wenn wir doch noch einen Weg zueinander finden würden. Ich werde jetzt gehen und wünsche dir für die kommende Zeit viel Kraft«, sagte André.

Sie hörte, wie leise die Wohnungstür ins Schloss fiel und zog sich von dem Terrassenrand zurück, damit er, falls er nochmals hochblicken sollte, sie nicht mehr zu Gesicht bekam. Sie öffnet sich eine Flasche Wein, ließ sich in einen Sessel fallen und überließ sich ihren Gedanken über Fremdheit, Vertrautheit und Freundschaft, über die Flüchtigkeit von Sympathien und die Zerbrechlichkeit von Gefühlen der Zuneigung.

Kapitel 16

Imke stand vor seinem Schreibtisch und strahlte ihn an, als er sein Büro betrat. Sie hatte ihre Haare mit einem roten Band zu einem Pferdeschwanz gebunden. Sie trug ein kanarienvogelgelbes, sehr kurzes Sommerkleid, das weit oberhalb der Knie endete, und blassrote Riemchensandaletten. Das gleiche Rot hatte sie auf ihre Lippen aufgetragen. Sie breitete, wie Jesus am Kreuz, ihre Arme aus, ging auf Pablo zu, umarmte ihn und drückte ihm erst auf die rechte, dann auf die linke Wange ein Küsschen.

Pablo versuchte sich, von diesem stürmischen Empfang überrascht, aus ihrer Umarmung zu befreien, aber sie hatte ihn fest im Griff. Er hatte nicht geahnt, welche Kräfte in dieser ranken, großgewachsenen Frau schlummerten.

»Herzlichen Glückwunsch zum Geburtstag«, zwitscherte sie vergnügt.

Er blickte über ihre Schulter und sah auf seinem Schreibtisch erst jetzt den mit vier Kerzen dekorierten Gugelhupf, in dessen Mitte eine Holzfünf auf einem Sockel herauslugte. Sie befreite ihn aus ihrer Umklammerung, zündete die Kerzen an und sang ihm ein kleines Ständchen zu seinem Ehrentag. Und nochmals zeigte Imke ihm eine Seite, die ihm bei ihr unbekannt war. Sie intonierte das Lied mit einer wunderschönen, klaren Sopranstimme.

»Du sorgst doch immer wieder für Überraschungen, Imke. Gleich drei an der Zahl.«

Imke sah ihren Chef fragend an: »Drei? Warum drei?«

»Die erste ist, dass du backen kannst. Zweitens überrascht mich, dass du über eine solche Armmuskulatur verfügst und drittens schließlich bin ich beeindruckt von deinem Gesangsvermögen.«

»Bei alldem hast du, viertens, mein hervorragendes Gedächtnis unterschlagen. Normalsterbliche Angestellte können sich gerade noch die Zehnergeburtstage ihrer Chefs merken, aber wer hat schon die unbedeutenden Fünfergeburtstage im Kopf? Meine hervorragenden intellektuellen Fähigkeiten solltest du also nicht allzu geringschätzen«, sagte Imke ironisch.

»Natürlich, wie konnte ich das vergessen. Du vereinst in der Tat ungeahnte Talente in dir«, sagte Pablo mit einem ebenfalls frotzelnden Tonfall. »Übrigens, ich will heute Abend ein wenig mit meinem Freund feiern. Wenn du Zeit und Lust hast, komm doch ins *Wüsteneck* in der Textorstraße. Ich würde mich freuen, einen Abend mit einer solch überaus talentierten jungen Frau verbringen zu dürfen.«

»Wenn ich nicht singen muss und ich euer Tête-à-Tête nicht störe, komme ich gerne. Vielen Dank für die Einladung«, sagte Imke und drückte Pablo nochmals einen flüchtigen Kuss auf die Wange.

»Hola, das Küssen nimmt kein Ende. Der Abend verspricht vielversprechend zu werden ... Vorher müssen wir aber noch etwas arbeiten. Was haben deine Recherchen bis jetzt ergeben?«

Imke holte die Unterlagen aus ihrem Zimmer und berichtete ihrem Chef.

»Zunächst befragte ich nochmals Frau Ababi. Auf meine Nachfrage, ob Herr Alabi Rechts- oder Linkshänder war, tippte Ada Ababi auf ihren rechten Arm. Wie du dich erinnerst, lag die Pistole in Verlängerung seiner linken Hand, die jedoch keinerlei Schmauchspuren aufwies. Und das durfte auch nicht sein, da der Schuss laut unseres Forensikers nicht aus nächster Nähe abgegeben wurde. Der Mörder hatte, falls er einen Suizid vortäuschen wollte, entweder ein bisschen zu viel Stroh im Kopf. Oder aber er war in großer Eile und ließ die Pistole einfach fallen, als er sein Werk aus der Nähe betrachten wollte und vielleicht überrascht wurde.«

Alles liefe auf einen waschechten Mord hinaus, fuhr Imke fort. Unklar bliebe vorerst eigentlich nur, wer der Täter oder die Täterin war. Die Terrassentür sei verriegelt gewesen. Es hatte also niemand über die Terrasse in das Haus gelangen können. Die

Person sei also wohl ganz normal durch die Haustür in die Wohnung gelangt. In den Räumen selbst habe es eine Menge von Fingerabdrücken gegeben: von Ada Ababi, von Sine Kühn, von André Janssen und den verschiedenen Angestellten. Leider sei bisher nichts Verwertbares dabei.«

Pablo fragte nach, was sie über die Pistole herausgefunden habe.

»Es ist, wie schon vermutet eine P 30 von Heckler & Koch, Kaliber 9 mm«, sagte sie. »Leider haben wir auf der Waffe selbst, außer einem nicht identifizierten Fingerabdruck, keine weiteren Hinweise auf den oder die Täter gefunden. In Bezug auf die Vita der Pistole hatten wir bei Heckler & Koch nachgefragt. Es wurde uns mitgeteilt, dass eine Pistole mit der vorliegenden Seriennummer vor Jahren zusammen mit einer größeren Sendung von Handfeuerwaffen an das Verteidigungsministerium von Nigeria geliefert worden war. Aber wir wissen nichts darüber, wie sie zurück nach Deutschland gelangt war.«

Imke hatte sich schick gemacht. Sie stand, die Haare in komplizierten Verschlingungen hochgesteckt und die Augen tiefschwarz geschminkt, an der Theke und unterhielt sich angeregt mit Markus, als Pablo das *Wüsteneck* betrat.

»Es wird aber auch Zeit, dass du kommst. Wir sind sonst schon betrunken, bevor wir mit dir anstoßen können. Meine Fresse, fünfundvierzig Jahre, was für ein Alter«, sagte Markus und umarmte seinen Freund überschwänglich.

»Du kannst ruhig etwas leiser reden. Das braucht ja nicht alle Welt zu wissen«, sagte Pablo und begrüßte grinsend auch seine Kollegin. Zu Markus gewandt sagte er: »Mein halbes Leben ist rum. Lasst uns auf die zweite Hälfte anstoßen. Was hast du Gutes anzubieten?«

»Ich habe einen wunderbaren, alten Whiskey, den ich extra für solche Gelegenheiten aus dem Keller geholt habe. Ein kleiner Geburtstagsgruß von mir«, sagte Markus und stellte die volle Flasche auf den Thekentisch. »Ihr könnt euch bedienen und wenn es nicht reicht, hole ich noch eine Flasche hoch. Lasst es euch schmecken. Leider muss ich ab und zu auch noch nach meinen anderen Gästen sehen.«

Als sich um zwei Uhr morgens Markus kurz entfernt hatte, um sein Lokal für den Publikumsverkehr zu schließen und mit Pablo und Imke, die schon ziemlich angetrunken waren, Privatissimum weiter zu feiern, beugte sich Pablo zu Imke, legte seinen Arm um ihre Schultern und flüsterte mit glasigen Augen: »Weißt du, manchmal fühle ich mich uralt und denke, das war's dann gewesen mit meinem Leben. Aber dann wieder gibt es Zeiten, in denen ich mich jung fühle, als ob ich noch Anfang zwanzig wäre. So wie jetzt gerade. Findest du das lächerlich?«

»Das ist doch schön«, sagte Imke, »du besitzt offenbar einen inneren Kern, der nicht altert. Er gibt dir das Gefühl der Jugend und nährt deine Neugier. Er schützt dich davor, aufzugeben und gleichgültig zu werden. «

Imke legte ihre Hand auf seinen Unterarm, mit dem er sich auf der Theke abstützte.

»Pablo, du bist ein ganz besonderer Mensch. Eigentlich zu schade für die manchmal doch ziemlich schmutzige Polizeiarbeit, und ich bewundere dich.«

»Bewundern? Das ist mir unangenehm. Du sollst mich nicht bewundern. Ich mache ganz normal meine Arbeit.«

»Ich meine auch nicht deine Arbeit, ich meine dich. Dich als Person … und als Mann. Vielleicht ist bewundern auch nicht der richtige Ausdruck. Ich meine, ich achte dich, ich schätze dich … ich mag dich, Pablo.«

»Du magst einen alten Mann?«

»Jetzt kokettierst du aber. Du bist nicht alt. Du sagst doch selbst, dass du dich noch jung fühlst.«

»Ich sagte, manchmal fühle ich mich so.«

»Außerdem wäre mir das auch egal. Ich mag Männer mit Ausdruckskraft, mit Ausstrahlung. Und ich mag politisch denkende Menschen, die sich für Gerechtigkeit einsetzen.«

»Du sagst es. Er ist ein politischer Mensch, ohne Politik zu machen«, schaltete sich Markus ein, der, zurückgekommen war, und, seitdem weniger Gäste zu bedienen waren, in Bezug auf die konsumierte Alkoholmenge in der Zwischenzeit mit Pablo und Imke gleichgezogen hatte.

»Gut, dass du das ansprichst, Imke. Was wäre ein Abend mit Markus, ohne dass wir uns über die Politik die Köpfe heißreden«, sagte Pablo spöttisch.

»Lästere du nur, mein Lieber. Leider ist die Lage viel zu ernst, als dass man einfach mit Sarkasmus über sie hinweggehen könnte«, sagte Markus.

Pablo stupfte Imke an und flüsterte in ihr Ohr: »Mach dich auf etwas gefasst, wenn Markus erst einmal in Fahrt kommt, ist er nicht mehr zu bremsen und holt weit aus.«

»Ich habe das Gefühl«, fuhr Markus unbeirrt fort, »dass unsere liberale westliche Demokratie in höchster Gefahr ist, und ich mache mir darüber wirklich große Sorgen. Ich denke, wir stehen an einem Scheitelpunkt und dürfen die

Hände nicht weiter in den Schoß legen. Der turbokapitalistische Präsidentschaftskandidat in den USA lehrt uns zwei Dinge: Zum einen, wie der Oligarchenkapitalismus die liberale Demokratie abschafft – auch in Europa –, und zum anderen können wir gleichzeitig die ersten faulen Früchte des neuen digitalen Zeitalters genießen, in dem die virtuelle, die reale Welt dominieren wird, in der mit Lügen Politik gemacht wird und die Wahrheit auf der Strecke bleibt.«

»Wenn Politik nur für Reiche und gegen die sozialen Interessen der Mehrheit gemacht wird, wenden die Menschen sich von der Demokratie und seinen Werten ab«, nahm Imke seine Demokratie-Bedenken auf und nickte ihm zustimmend zu.

»Könnte man annehmen. Aber die US-Wahlen lehren uns etwas Anderes: Das politische Programm eines Milliardärs gemacht für Millionäre und Milliardäre hat nicht dazu geführt, dass sich das Wahlvolk von der Politik abgewendet hat, sondern dazu, dass sie einen polternden, twitternden und steinreichen Oligarchen auf ihr Schild gehoben haben, der alles im Sinn hat, nur nicht die Interessen des verarmten Bürgertums und der abgehängten Arbeiter. Das ist paradox. Nein, das ist völlig absurd«, sagte Pablo und genehmigte sich einen kräftigen Schluck Bier, auf das er in der Zwischenzeit umgestiegen war, weil der Whiskey ihm doch allzu sehr in den Kopf stieg.

»Ja, absurd! Der Mensch vergöttlicht durch einen sonderbaren Schluss, was ihn niederdrückt, und er findet einen Grund zur Hoffnung in dem, was ihn hilflos macht«, nahm Markus mit diesem Camus'schen Gedankengang den Ball auf.

»Genauso ist es, mein lieber Freund. Die Menschen lobpreisen die Macht, die sie entmachtet. Wir leben in einer Welt, wo man für Geld Macht kauft und mit der Macht wieder Geld prägt. Und das gilt nicht nur für Amerika!«

»Und wir leben auch in einer Welt, in der die Grenzen dichtgemacht werden, wo man sich abschottet, um die Flüchtlinge draußen und den angesammelten Reichtum drinnen zu halten«, sagte Imke.

»Und was macht die Linke in Deutschland dagegen? Ich könnte kotzen«, sagte Markus.

»Warum das?« fragte Imke.

»Sie hat keine bessere Antwort darauf, als uns auf den Sankt-Nimmerleins-Tag zu vertrösten.«

»Das verstehe ich nicht, Markus. Wie kommst du darauf? Alles, was du bisher geäußert hast, deutet auf einen überzeugten Linksaußen hin.

Das musst du mir erklären«, sagte Imke und lächelte Markus, der in seinem politischen Diskurs langsam Fahrt aufnahm, an.

Markus nahm die Hand von Imke wie bei einem Kind, das sich verletzt hat, und dem der Vater erklärt, dass es jetzt tapfer sein und den Schmerz ertragen müsse.

»Ich mache es ungern, gegen die Linken zu stänkern, aber wenn du mich schon fragst, kann ich dir die Antwort natürlich nicht verweigern. Es ist gleichzeitig ein Lehrstück, wie schändlich die Wahrheit behandelt wird. Du weißt, dass Teile der Linken eine restriktive Einstellung in Bezug auf den Zustrom von Flüchtlingen haben. In deren Parteiprogramm steht aber: Wir fordern offene Grenzen für alle Menschen. Auf diese Unstimmigkeit angesprochen, antwortete die führende Repräsentantin dieser Partei, die übrigens, wie ich meine, einer unangenehmen Aufmerksamkeitsökonomie huldigt in einem Interview: In unserem Parteiprogramm steht lediglich unsere Vision für eine Welt, in der alle Menschen im Wohlstand leben. Ich frage dich, meine liebe Imke, was dann dieser Satz dort soll. Er ist eine Lüge. Da es nie der Fall sein wird, dass *alle* Menschen in Wohlstand leben werden, so der Umkehrschluss, wird die Linke also auch nie die Grenzen öffnen können! Sie schürt Angst und rückt damit in die Nähe der populistischen Rechtsnationalisten.«

Pablo konnte sich ein Lächeln nicht verkneifen. So kannte er ihn. Immer engagiert, immer geradeheraus. Und wenn er, wie jetzt gerade mit Imke, eine interessierte Zuhörerin hatte, war sein Redefluss kaum noch zu stoppen. Die Diskussion weitete sich aus, auf die Oligarchen Putin, Erdogan und Orban, auf Syrien, Palästina, China, auf die weltweite Globalisierungsproblematik, auf den Klimawandel ... und Imke ließ keine Gelegenheit aus, Markus bewundernde Blicke zuzuwerfen, wenn er mal wieder eine elegante Argumentationskette vor ihr ausbreitete. Im Gegenzug bemühte sich Markus sichtbar um Imke und sparte nicht mit Komplimenten und kleinen Aufmerksamkeiten.

Pablo blickte auf seine Uhr. Es war vier geworden, und er war redlich müde.

»Würde es euch etwas ausmachen, wenn ich mich zurückziehe. Es war ein langer Tag heute«, sagte er.

»Gut, das verstehe ich. Du gehst auch schon stramm auf die Fünfzig zu! Wow! Ich will dich nicht aufhalten. In diesem Alter muss man mit seinen Kräften haushalten«, sagte Markus hämisch und puffte ihn in die Seite, »aber wie steht es mit dir, Imke? Du bist noch jung. Hast du Lust noch etwas zu bleiben?«

Imke zögerte einen Augenblick und blickte zwischen den beiden Freunden hin und her, bis ihr Blick schließlich bei Pablo haften blieb, als ob er für sie antworten sollte.

Pablo hätte während der vergangenen Stunden blind sein müssen, um nicht die versteckten Berührungen und das Leuchten in den Augen der beiden Kontrahenten zu sehen, wenn sie sich gegenseitig den Ball und schmachtende Blicke zuwarfen.

»Also, bis Montag. Es war ein schöner Abend. Ich danke euch dafür. Ich beuge mich dem vernichtenden Urteil meines Freundes und mache der Jugend Platz«, sagte Pablo feixend und erhob sich schwerfällig.

Imke blieb, bereit ihrer neuen Eroberung mögliche Restzweifel darüber, dass sie eventuell nicht die Richtige für ihn sei, zu nehmen. Die Zeichen, dieses und möglicherweise auch viele andere, unselig langweilige Wochenenden nicht mehr alleine verbringen zu müssen, standen für beide gut.

Kapitel 17

Maduka war ein stattlicher Mann. Aber als er mit hängenden Schultern und ausdruckslosen Augen im Zimmer stand, gab er ein jämmerliches Bild ab. Seine Haut war rissig, zerpflügt vom Leid. Ein Mensch, dem alles genommen war, am Boden zerstört, ohne Zukunft. Da schien nicht mehr allzu viel Platz bis zum Ende zu sein. Seine Frau Nana hörte seine lautlosen Schreie, die er in die Welt brüllte, und konnte nicht helfen. Sie war selbst am Ende ihrer Kräfte. Ihr Gesicht, totenblass und aufgeschwemmt von den vielen Tränen, war erstarrt zu einer Maske.

Sine versuchte vergeblich, die Eheleute von ihrem Vorhaben, wieder zurück nach Nigeria zu ziehen, abzubringen. Nana ergriff für Maduka das Wort, der sich abgewandt hatte und mit dem Rücken zu den beiden Frauen stand, so dass sie seine Gesichtszüge bei den Worten, die seine Frau sprach, nicht erkennen konnte. Sie hätten in Deutschland nichts mehr, was sie zum Bleiben hielte, nachdem der einzige Sohn, so ihre Worte, hingerichtet worden war. Maduka halte es hier nicht mehr aus und habe schon einen Flug gebucht. Sie habe versucht, ihn zu überreden, nicht so überstürzt abzureisen. Sie drängte ihn, diesen Schritt nochmals in Ruhe zu überdenken, aber er ließ nicht mit sich reden. Er sei abweisend und verschlossen gewesen wie nie zuvor. Er würde nicht nur mit ihr nicht sprechen, sondern mit niemandem. Nach der Trauerfeier würde sie mit ihrem Mann von Frankfurt aus in die Heimat fliegen. Sie würden dort in Lagos bei Madukas Familie, die auch die ihre und einzig verbliebene Verwandtschaft sei, leben.

Nana fragte Sine, was sie in Zukunft zu tun gedenke und ob sie schon einmal daran gedacht hatte, zu ihnen nach Lagos zu kommen – wenigstens eine Zeitlang. Sie sei ihnen wie eine Tochter und sie würden sich freuen, Sine in ihrem Haus, in dem viel Platz sei, aufzunehmen.

Sine fühlte sich geehrt, dass die Eltern von Amos sie wie eine Tochter behandelten, lehnte aber die Einladung dankend ab. Sie glaubte nicht, dass sie sich in Nigeria heimisch fühlen würde. Einerseits machten ihr die vielen Konfliktherde in Nigeria Angst, andererseits würde sie sich zu sehr in den Familienclan der Alabis eingebunden und sich in gewissem Sinne abhängig von Amos‘ Eltern fühlen.

Das behielt sie allerdings für sich. Sie begründete ihre Absage damit, dass sie es nicht richtig fände, sich fortzuschleichen. Vielmehr wolle sie sich der neuen, fremdenfeindlichen Situation stellen, wobei an vorderster Stelle die Aufklärung des Verbrechens an Amos stehen würde.

Maduka drehte sich bedächtig um und sah sie tiefgründig an. Es war ihr, als ob er etwas sagen wollte, aber er blieb stumm.

Sie sah in seine erloschenen Augen und wartete. Er ließ sich Zeit. Erst nach ein paar Minuten, die ihr wie eine Ewigkeit erschienen, sagte er mit schleppender Stimme.

»Ich verstehe, dass du hierbleiben willst. Und du könntest dann auch einen Wunsch unseres Sohnes erfüllen. Wir hatten bei seinem letzten Besuch in Berlin über seine Galerie geredet. Er sagte in diesem Gespräch, so als ob er in die Zukunft hätte blicken können, er wünsche sich, dass du die Galerie Okonkwo 291 weiterführst, falls ihm etwas zustoßen würde.«

»Und er hatte«, ergriff Nana wieder das Wort, »bei dieser Gelegenheit auch im Vertrauen zu mir gesagt, dass er dich sehr liebe und dich gerne heiraten würde. Er habe dir zwar bisher noch keinen Antrag gemacht, wollte dieses Versäumnis aber in absehbarer Zeit nachholen. Das kann er nun leider nicht mehr.« Nana stockte und fuhr dann fort. »Aber wir können dich fragen, ob du die Galerie, an der er mehr hing, als an seinem Arztberuf, übernehmen willst. Du würdest ihm damit einen Herzenswunsch erfüllen.«.

»Und sei versichert, auch wir würden uns freuen, wenn sein künstlerisches Erbe in deine Verantwortung übergehen würde. Er hielt immer viel von deiner Urteilskraft in diesen Dingen und wir sind überzeugt, dass du seine Arbeit ganz in seinem Sinne weiterführen wirst«, sagte Maduka.

Nana nahm Sines Hände in die ihren und fragte sie: »Willst du das tun? Du würdest uns wirklich eine große Freude machen. Und außerdem würden wir so wenigstens auf diesem Wege verbunden bleiben.«

»Ich bin sehr gerührt über das, was Amos dir anvertraut hat und auch über das Zutrauen, das ihr in mich setzt. Ich verspreche euch, dass ich mein Bestes geben werde. Aber an die Größe von Amos reiche ich natürlich nicht heran. Und, Nana, dir möchte ich sagen: Auch ohne Amos' Galerie bliebe ich mit dir in Verbindung. Ich werde euch, so oft es mir möglich ist, besuchen ... Und wenn ihr wollt, kann ich die Urne nach der Einäscherung zu euch nach Lagos bringen, dann könnten wir uns schon bald wiedersehen«, sagte Sine, umarmte Nana und konnte ihre Tränen nicht mehr zurückhalten.

»Wir wären dir sehr dankbar«, sagte Nana und fügte so leise hinzu, dass es Maduka nicht hören konnte, »dann kannst du mir von Deutschland erzählen, das ich vermissen werde. Ich gehe nur Maduka zuliebe nach Nigeria zurück, du weißt warum.«

Sine nickte.

»Wir werden dir die Galerie schnellstmöglich überschreiben und dir auch seinen gesamten künstlerischen Nachlass überlassen. Ich habe keinen Sohn mehr, aber auch ich habe dich wie eine Tochter in mein Herz geschlossen. Wenn es dir an irgendetwas fehlen sollte, wir sind immer für dich da, wirklich immer«, sagte Maduka und wandte sich wieder von den beiden Frauen ab.

Er trat ins Freie, sah über die Terrasse in die Ferne und wischte sich, als er sich unbeobachtet glaubte, verstohlen mit einem Taschentuch die Augen. Das unerträgliche Gespinst seiner Gedanken, die in seinem mächtigen Schädel eingeschlossen waren, und deren Giftstoffe in ihm wie ein Krebsgeschwür metastasierten, ließen seinen Leib zittern.

Als Sine ihn so hinter der Panoramascheibe stehen sah und sich seine Silhouette gegen den dämmrigen Himmel weich abhob, glaubte sie, die vertraute Gestalt von Amos zu erkennen, der eine ähnliche Figur wie sein Vater hatte. Sie dachte daran, wie sehr der in seiner unverwechselbaren Persönlichkeit amalgamierte Charakter auf sie abgestrahlt und ihr Sicherheit und Lebensmut gegeben hatte.

Nichts konnte ihn je ersetzen und wieder nagten Zweifel in ihr, ob sie stark genug war, auch ohne ihn den Geschicken der Welt trotzen zu können und hoffte, an dem ihr aufgezwungenen Blick in die Hölle, mit der das Verbrechen sie konfrontiert hatte, nicht zu zerbrechen. Mit dieser Hoffnung verband sich zugleich der unbändige Wille, seinen Mörder zu finden und ihn zur Rechenschaft zu ziehen.

Kapitel 18

»Wie war das Wochenende?« fragte Pablo schelmisch, als Imke reichlich verspätet das Büro betrat.

Markus hatte ihn am Sonntagabend angerufen und ihm mit beschwingter Stimme von seinem Date mit Imke erzählt.

Sie lachte und versteckte nicht ihre gute Laune.

»Super!«

»Ich hoffe, du bleibst mir weiterhin gewogen?«

Imke sah ihn spöttisch an und fragte in stichelndem Tonfall: »Was meinst du denn mit gewogen? In welcher Hinsicht soll ich dir gewogen sein?«

»Ach, lassen wir das. Es war nicht ernst gemeint. Ich hoffe, dass du nicht alle deine Energien anderweitig aufbrauchst ..., und dass das Zuspätkommen nicht zur Gewohnheit wird. Es ist sicher nicht einfach, wenn man mit einem Mann befreundet ist, der jeden Tag bis in den späten Vormittag hinein im Bett liegen kann«, sagte Pablo vergnüglich.

Imke suchte nach Worten.

»Pablo, ich kenne Markus jetzt einen Tag, ich weiß noch nicht, wie sich das alles entwickelt. Aber eines kann ich dir versprechen: er wird mich nicht verschlingen, ich bin immer noch ich. Und ich werde mich weiterhin bemühen, pünktlich zu sein und dem Langschläfer nicht nachzueifern. Aber es ist natürlich schön, verliebt zu sein und begehrt zu werden. Ich kann und will das auch nicht verbergen.«

»Es ist gut so, wie es ist. Ich freu mich für dich … und auch für meinen Freund Markus. Genießt euer Glück und haltet es besser fest als ich meines.«

Pablo stellte sein Auto auf dem Parkplatz am neuen Portal des Hauptfriedhofes ab. Die Feier in der im Jugendstil gestalteten Trauerhalle war für elf Uhr angesetzt worden. Er war früh dran und hatte also noch etwas Zeit. Er blieb im Auto sitzen und beobachtete die ankommenden Trauergäste. Sine Kühn hatte ihm gesagt, dass sie die Trauerfeier klein halten wollten. Aber es war augenscheinlich schwer, diesen Vorsatz durchzuhalten. Er erkannte mehrere Autos mit dem CC-Zeichen des Generalkonsulats der Republik Nigeria in Frankfurt und einige Vertreter der Stadt.

Sine Kühn fuhr in ihrem VW Beetle zusammen mit ihrer Mutter und den Eltern von Amos vor.

Pablo stieg aus und reihte sich zusammen mit Imke in den Strom der Trauergäste ein, die in Richtung der 1912 nach Plänen der Berliner Architekten Reinhardt und Süßenguth errichteten Einsegnungshalle gingen. Er war schon einige Male hier gewesen und war immer wieder beeindruckt von der Halle, deren quadratischer Grundriss oberhalb der vier Hauptwände mittels Bogenzwickel in einen Kuppelraum überging und vom Boden bis in die Kuppelspitze über dreißig Meter maß. Die Konzeption der Kuppel erinnerte ihn etwas an die des Domes S. Maria del Fiore in Florenz, die er im letzten Jahr noch mit Liz Hunter besucht hatte. Es war die letzte größere Reise mit ihr gewesen.

Auf dem Platz vor dem Gebäude unterhielten sich die Gäste und warteten darauf, in den Innenraum eingelassen zu werden. Imke stieß ihn mit dem Ellenbogen leicht in die Seite und flüsterte ihm zu, dass sie viel Personal aus seiner Klinik wiedererkenne, aber auch einige Promi-Frauen mit ihren Männern aus Frankfurt und den einschlägigen neureichen Gemeinden aus dem Vordertaunus, die sich erkennbar bei Amos Alabi hatten behandeln lassen. »Interessant zu sehen, wer da alles seiner Schönheit etwas nachgeholfen hat«, fügte sie dann noch breit grinsend hinzu.

Als sie schließlich in die Einsegnungshalle gingen, las Pablo rechts am Eingang den Spruch von Goethe aus der Iphigenie:

EIN UNNUETZ / LEBEN IST/ EIN FRUEHER / TOD

Auf wen könnte er besser zutreffen als auf Alabi, dachte Pablo, und schwor sich, nicht nachzulassen, bis er den ermittelt habe, der für Alabis frühen Tod verantwortlich war.

Pablo und Imke saßen in der letzten Reihe der voll besetzten Trauerhalle. In ihrem Rücken der Spruch: *Mitten wir / Im Leben sind / Vom Tod / Umgeben.* Die Stuhlreihen wurden in der Mitte von einem Durchgang unterbrochen. Links des Mittelganges, der dadurch unbeabsichtigt wie eine Grenze zwischen Schwarzen und Weißen wirkte, hatten überwiegend die Trauernden mit weißer, rechts diejenigen mit schwarzer Hautfarbe Platz genommen.

In der ersten Reihe, links vom Mittelgang, hatten sich die Familienmitglieder niedergelassen. Ganz außen Maduka Alabi, einziger Schwarzer unter Weißen. Leblos und wie betäubt vor sich hinstarrend. Neben ihm saß, erschüttert und leise schluchzend, seine Frau Nana in einem dunkelgrauen, strengen Kostüm. Dann folgten Sine Kühn, Meriel Breitschneider, die die Hand von Sine hielt, und die Mutter von Sine. André Janssen saß nur eine Stuhlreihe schräg hinter Sine Kühn und sah penetrant zu ihr hin. Pablo, dem dieses aufdringliche Verhalten schon von der Entfernung unangenehm war, hoffte, dass sie nichts von den indiskreten Blicken in ihrem Rücken spürte.

In der ersten Reihe rechts des Ganges hatten sich die geladenen Gäste niedergelassen. Korrekt in Anzug und schwarzer Krawatte gekleidet, der Generalkonsul von Nigeria und einige Mitarbeiter des Konsulats aus der Kennedy Allee, sowie ein Vertreter der Botschaft aus Berlin. Neben den Vertretern der Republik Nigeria saß kerzengerade, was wohl dem unbequemen Gestühl, das ein nur barockes Sitzen zuließ, zu verdanken war, der Kulturdezernent der Stadt. Die Stuhlreihen hinter den offiziellen Vertretern waren überwiegend mit dunkelhäutigen Trauergästen gefüllt. Darunter befanden sich auch Ada Ababi und ihr Bruder Tayo.

Im Altarraum befand sich ein hölzernes, etwas erhöhtes Podium, auf dem der weiße Sarg aufgebahrt war. Er war mit Kränzen und Sträußen bedeckt. Ein großes, schwarzweißes Selbstporträt von Amos stand auf einer Staffelei links neben dem Sarg unmittelbar im Blickfeld von Sine Kühn. Es wurde umrahmt von grünem Kalanchoe und weißem Rittersporn, den Nationalfarben von Nigeria, davor war eine große Bodenkerze aufgestellt, deren flackernder Schein dem Bild in dem Zwielicht des Raumes einen magischen Glanz verlieh.

Meriel streichelte die Hand von Sine, die mit geröteten Augen auf das Bild starrte und sich immer wieder mit einem Taschentuch die Tränen wegwischen musste. Pablo schien es, dass sie, wie auch Maduka, innerlich völlig abwesend war und nichts von den verschiedenen Reden mitbekam, was sicher nicht nur an der miserablen Akustik des Raumes lag, die offensichtlich für Chorgesang, aber nicht für Mikrofonlautsprecher ausgelegt war. Nur einmal, als Daniel Buddendiek in seiner Rede von der Hetzjagd auf Amos und von falschen Verdächtigungen und Anschuldigungen sprach, blickte Sine kurz auf, nickte mit dem Kopf und versank dann wieder in ihrem Schmerz.

Maduka und Nana Alabi würden noch am Abend nach Nigeria fliegen und hatten nur wenig Zeit. Aber auch die Umstände des Todes schienen den Eltern nicht für ein ungezwungenes Beisammensein angebracht zu sein, so dass auf den üblichen Leichenschmaus nach der

Trauerfeier verzichtet wurde. Da der Leichnam von Amos erst in den nächsten Tagen eingeäschert werden sollte, fand auch keine Beerdigung statt, und die Trauergäste verstreuten sich schnell, nachdem sie Amos‘ Eltern und Sine Kühn kondoliert hatten. Lediglich Meriel blieb bei Sine. Sie hatte sich Urlaub genommen und würde in nächster Zeit bei ihrer Freundin wohnen und ganz für sie da sein.

Nachdem die meisten der Trauergäste bereits auf dem Heimweg waren, ging auch André Janssen auf Sine zu, um sich zu verabschieden. Sine wechselte einen Blick mit Meriel, streckte ihm kühl die Hand entgegen und wandte sich nach dem Händedruck, ohne seine Worte abzuwarten, sogleich wieder ihrer Freundin zu. Nach Janssen gingen auch Pablo und Imke zu ihr, um ebenfalls ihre Anteilnahme auszudrücken. Pablo war tief berührt von der Würde der Zeremonie und drückte ihr mit trockenem Mund, ohne etwas sagen zu können, die Hand. Sine bemerkte seine Rührung, hielt seine Hand ungewöhnlich lange in der ihren, streichelte mit der freien Hand über seinen Handrücken und sagte dabei so leise, dass er sich zu ihr hinunterbeugen musste: »Versprechen Sie mir, den Mördern zu überführen. Sonst weiß ich nicht, was ich tu. Ich bin zu allem fähig.«

»Ich verspreche es, aber bitte machen Sie nichts Unüberlegtes.«

Als er zurück ins Büro fuhr, schwebten ihre Worte wie ein Damoklesschwert über ihm. Er war sich sicher, dass sie es genauso meinte, wie sie es gesagt hatte: Sie war zu allem fähig.

»Hast du gesehen, wie Frau Kühn den Janssen abserviert hat. Da muss es ordentlich geknallt haben. Ich dachte, sie sind Freunde«, sagte Imke und blickte zu Pablo auf den Beifahrersitz.

Pablo kam das Bild in den Sinn, auf dem Kupka mit der Pistole rumfuchtelte. Er hatte sich zu Hause die heruntergeladenen Dateien in aller Ruhe mit der Lupe nochmals genauer angesehen. Im Hintergrund, am Ende des mit Bierkrügen vollgestellten Tisches, hatte er André Janssen entdeckt. Das war der Grund, warum ihm das Gesicht bekannt vorgekommen war, als er in Sines Wohnung Janssen das erste Mal gegenüberstand. Sein gut ausgeprägter Sinn, sich Gesichter einzuprägen und wiederzuerkennen, hatte ihn nicht getäuscht. Kupka und Janssen verband wohl eine gewisse Gesinnung und er vermutete, dass das nicht das Einzige war, was die beiden zusammengeführt hatte.

»Kannst du dich noch erinnern, als du mich fragtest, was ich an der stinknormalen Handfeuerwaffe von Heckler & Koch so interessant fände?« fragte Pablo Imke. »Ich sagte dir damals, dass ich es dir noch nicht verraten könne. Jetzt kann ich es. In Kupkas Dateien, die ich damals bei unserer illegalen Wohnungsdurchsuchung zu mir nach Hause gemailt hatte, ist Kupka mit einer Heckler & Koch zu sehen. Aber als ich jetzt die Bilder nochmals genauer betrachtete, habe ich noch etwas Interessantes entdeckt. Auf eben diesem Bild mit der Pistole war auch Janssen abgelichtet. Er feierte zusammen mit Kupka und den sogenannten ‚Reichsdeutschen Volksgenossen‘.«

»Janssen und Kupka kennen sich? Dann verstehe ich die Reaktion von Frau Kühn«, sagte Imke.

»Ich denke nicht, dass sie davon etwas weiß. Aber sie erahnt Janssens Seelenverwandtschaft.«

»Und was nun?«

»Wir müssen Kupkas Pistole finden. Dazu müssen wir gründlich die Wohnung durchsuchen. Dann sehen wir weiter. Sänger hat sich endlich dazu herabgelassen und uns einen Durchsuchungsbescheid ausgestellt. Morgen werden wir mit voller Mannschaft die Wohnung auf den Kopf stellen.«

Auf seinem Schreibtisch lagen die Verbindungs- und die Ortungsdaten von Kupkas Mobiltelefon. Am 24. August wurde er um elf Uhr von einer Nummer angerufen, die zu Janssens Anschluss gehörte. Das Gerät befand sich zu der Zeit in der Nähe der Kneipe Alpha 192 in der Moselstraße. Außerdem lag die Auswertung einer Überwachungskamera vor, die vor dem Privathaus eines jüdischen Geschäftsmannes installiert war, das unmittelbar neben dem Haus von Alabi stand. Darauf war eine ungefähr einen Meter siebzig große Person von kräftiger Gestalt zu sehen, die zu Kupka passen könnte. Sie bewegte sich rasch in Richtung Zeppelinallee. Das Gesicht war nicht zu erkennen.

»Großartig, jetzt haben wir die Verbindung zwischen Janssen und Kupka sogar dokumentiert. Was wissen wir über Janssen?«

»Nichts«, sagte Imke.

»Und was wissen wir über die Kneipe?«

Imke strahlte ihn an.

»Das ist ein Treffpunkt der rechten Szene wo der WAW, WP und SWP Deutschland zum Erwachen bringt. Die Zahlen 1, 9 und 2 stehen für A, I und B des Alphabets, was in der Sprache der Rechten heißt: ‚Adolf Is Back'.«

»Und was, bitteschön, bedeuten die anderen Buchstabenkürzel?«

»WAW steht für ‚Weißer arischer Widerstand‘, WP für ‚White Power‘ und SWP für ‚Supreme White Power‘, eine Steigerung von ‚White Power‘ und bedeutet in deren Jargon höchste, beziehungsweise überlegene weiße Macht. Vor elf Tagen am 17. haben sie hier übrigens den Todestag von Hitlers Stellvertreter Rudolf Heß im Kriegsverbrechergefängnis Spandau gefeiert«, belehrte Imke ihren Chef.

Kapitel 19

Die Wohnungsdurchsuchung am nächsten Tag entpuppte sich zunächst als ein Schlag ins Wasser. Die Wohnung war clean. Kein PC, keine Korrespondenz oder irgendwelche kompromittierenden Schriftstücke. Nichts deutete auf den rechtsradikalen Hintergrund von Kupka hin. Dieser saß während der Durchsuchung grienend im Wohnzimmer, trank in Ruhe ein Bier aus der Flasche und betrachtete amüsiert die Bemühungen der Polizeibeamten.

Als sie unverrichteter Dinge wieder abzogen und schon im Auto saßen, hielt Imke Pablo eine Jahresabrechnung für einen Schrebergarten auf den Namen Erwin Kupka unter die Nase.

»Das ist ein nachträgliches Geburtstagsgeschenk für dich. Ich bin sicher, wir werden dort fündig. Irgendwohin muss er den ganzen Krempel aus seiner Wohnung wohl geschafft haben.«

»Willst du dort einbrechen?«

Imke lachte.

»Nein, ich habe einen anderen Vorschlag. Wir sollten ihn jetzt anrufen und ihn bitten, in drei Stunden in seinem Garten zu sein, da wir ihn und das

Gartenhäuschen ebenfalls noch durchsuchen müssen. Wenn dort belastendes Material sein sollte, wird er etwas unternehmen und das sollten wir uns zunutze machen«, sagte Imke. Pablo grinste und nickte anerkennend.

Bereits eine halbe Stunde später verließ Kupka das Haus und fuhr mit seinem Wagen los. Pablo und Imke folgten ihm. In der Frauenlobstraße parkte er und ging zu Fuß, eine Reisetasche in der Hand, zu dem Kleingartengelände Ginnheimer Höhe. Das Wetter lud zum Grillen, Sonnenbaden und Gartenarbeit ein. Es war reger Betrieb auf dem Gelände und es fiel nicht weiter auf, als Pablo und Imke ihm folgten und beobachteten, wie er einen kleinen Schuppen für die Lagerung von Gartengeräten aufschloss, der hinter dem in Fertigbauweise errichteten Holzhäuschen stand, und in seiner Tasche eine Pistole verschwinden ließ. Als er anschließend in das Haus ging und begann, seine Tasche mit Papieren und anderen Utensilien zu füllen, griff Pablo zu.

Die Pistole war, wie die kriminaltechnische Abteilung wenig später feststellte, eine alte Bekannte. Sie wurde bei einem bisher unaufgeklärten Mord an dem marokkanischen Besitzer des Friseursalons ‚Mon coiffeur' in Frankfurt-Bockenheim im November letzten Jahres benutzt.

Pablo erinnerte sich an den Fall und rief sich die schrecklichen Geschehnisse wieder ins Gedächtnis.

Ein Mann war in den Salon in der Wildunger Straße gestürmt und hatte dem Besitzer, der in einem separaten Aufenthaltsraum im hinteren Teil des Geschäfts gerade seinen Tee trank, in den Kopf geschossen. Der maskierte Täter konnte unerkannt entkommen. Das Tatmotiv blieb rätselhaft. Die Polizei vermutete eine Auseinandersetzung unter Nordafrikanern. Sie verfolgte diese Spur mit Intensität weiter, obwohl der Salonbesitzer, wie alle Personen aus seinem Umfeld bezeugten, keinerlei Verbindungen zu irgendwelchen gewalttätigen Gruppen hatte und als friedfertig, höflich und gut integriert galt. Passanten hatten einen mittelgroßen Mann von gedrungener Gestalt beobachtet, der durch die Passage in Richtung Falkstraße gerannt und dort in ein wartendes Auto gestiegen war. Dann verlor sich seine Spur und die weiteren Ermittlungen seiner Kollegen verliefen im Sand.

Der Fall wirbelte damals viel Staub auf und allerlei Gerüchte schwirrten durch das Präsidium. Der Verfassungsschutz hätte sich eingeschaltet, hieß es, und manche, nicht sehr zurückhaltende Äußerungen, gingen sogar in Richtung Vertuschungsversuche und unverhältnismäßige Einflussnahme auf die Polizeiarbeit durch das LfV Hessen. Bis dann irgendwann die Decke des Schweigens über die Sache gelegt wurde und die kritischen Stimmen, auch die von Pablo, verstummten und jeder wieder seiner gewohnten Arbeit nachging. Jetzt sah Pablo die Gelegenheit gekommen, den Finger auf die schwelende Wunde zu legen und den Fall neu aufzurollen.

Er schickte Imke ins Archiv, um sich die Akte zu besorgen. Sie war nicht da. Auf Nachfrage erfuhr sie, dass sie auf Anforderung des Innenministeriums nach Wiesbaden geschickt worden war. Pablo zuckte nur mit den Schultern, als ob er geahnt hätte, dass sie nicht mehr in Frankfurt war.

Ein ehemaliger Kollege war vor Jahren in das Innenministerium versetzt worden. Mit ihm hatte er immer noch losen Kontakt. Es war eine Gelegenheit, die spröde gewordenen Bande wieder ein wenig zu erneuern, und er machte sich selbst auf den Weg nach Wiesbaden in den Konrad-Adenauer-Ring 49.

Er ging dort direkt in das Archiv der LfV Hessen, um sich die Akte aushändigen zu lassen. Der zuständige Beamte kam mit leeren Händen zurück. Die Akte sei auf Anordnung des zuständigen Abteilungsleiters schon vor einigen Monaten dem Reißwolf zum Opfer gefallen, sagte er. Pablo fragte nach dessen Namen. Dazu könne er leider keine Angaben machen, weil die Zuständigkeiten damals neu geordnet worden seien. Er schlug ihm vor, sich an die Personalabteilung zu wenden.

Pablo irrte lange durch die Gänge des Gebäudes, bis er die Personalabteilung gefunden hatte. Die Abteilung IV lag in der Zuständigkeit von Arno Freud. Er sah sich das Organigramm der Abteilung an und entdeckte in einem der Abteilung IV untergeordneten Dezernat ebenfalls einen alten Bekannten: André Janssen. Er war zuständig für ‚Operative Tätigkeiten in Frankfurt'. Pablo schnalzte mit der Zunge. Janssen ein Verfassungsschützer?

Er machte sich auf die Suche nach Arne Süllberg, seinem ehemaligen Frankfurter Kollegen. Nach einer freundlichen Begrüßung und dem üblichen Austausch alter Erinnerungen erfuhr Pablo, dass, seit Arno Freud die Abteilung IV regierte – er gebrauchte wirklich das Wort ›regierte‹ –, sich vieles geändert habe, und er mit seiner auch für einen Verfassungsschutz sehr konspirativen Manie und der damaligen Reißwolfaktion intern viel Wirbel und das eine oder andere Stirnrunzeln ausgelöst hatte. Aber, wie es in einer so großen Behörde mit zweihundertfünfzig Mitarbeitern nicht selten sei, nach einiger Zeit glätte sich alles. Pablo fragte ihn, was er sich unter ‚operativen Tätigkeiten' vorstellen müsse. Arne schmunzelte nachsichtig und erklärte ihm, dass in diesem Dezernat die V-Leute-Führung angesiedelt sei.

Janssen ein V-Mann-Führer! Und wenn nun, überlegte Pablo weiter, Kupka eine Quelle, eine

Kontaktperson, ein V-Mann von Janssen wäre und er deswegen Kupka am Donnerstagabend angerufen hatte? Und wenn das der Grund gewesen wäre, dass er den ganzen Fall Kupka abgeben musste?

Pablo rieb sich die Hände. Jetzt fängt die Sache an, spannend zu werden, überlegte er, und war sich ziemlich sicher, den Anfang des Fadens, der ihn durch das Labyrinth führen würde, in den Händen zu haben. Er fragte seinen Kollegen, ob er ihm sagen könne, wer der Kontaktmann von Janssen sei. Arne lachte schallend und erklärte ihm, dass dies eines der bestgehüteten Geheimnisse der Behörde sei. Um dies herauszubekommen, müsste schon ein geheim tagender parlamentarischer Untersuchungsausschuss gebildet werden. Er selbst könne ihm beim besten Willen nicht weiterhelfen, ohne seinen Job zu verlieren.

Pablo fuhr gut gelaunt nach Frankfurt zurück und glaubte Kupka in der Schlinge zu haben. Aber der Euphorie folgte der Niederschlag auf dem Fuße. Imke verkündete ihm: Kupka habe ein handfestes Alibi für den Todeszeitpunkt. Mehrere Zeugen bestätigten seine Anwesenheit im *Alpha 192*.

»Scheiße«, fluchte Pablo, »ich war mir so sicher, dass er es war. Alles, aber auch alles deutete auf ihn hin. So kann man sich täuschen und so schnell kann es passieren, einen Falschen zu beschuldigen.«

»Aber wenigstens kriegen wir ihn dran wegen des Mordes in der Wildunger Straße. Da wird er sich nicht herauswinden können. Die Tatwaffe kann eindeutig ihm zugeordnet werden und zusammen mit den gefundenen Pamphleten und dem ihn belastenden Material aus seinem Gartenhaus ist die Beweislage eindeutig.«

Pablo klingelte an der Haustür von Sine Kühn. An der Telefonanlage meldete sich Meriel Breitschneider. Sie öffnete ihm. Im Aufzug legte er sich nochmals die Worte zurecht. Er wollte Sine die gute und die schlechte Nachricht persönlich überbringen. Pablo mochte Sine, und er hoffte, dass sie ihn nicht verurteilen würde, weil er im Mordfall Alabi völlig im Dunkeln tappe und von vorne anfangen müsse.

Sine stand an der Wohnungstür und begrüßte ihn freundlich.

»Was führt Sie zu mir? Kommen Sie doch bitte herein. Meriel und ich haben uns gerade über sie unterhalten«, sagte Sine und lächelte ihn an.

»Hoffentlich habe ich dabei nicht allzu schlecht abgeschnitten.«

»Nein, durchaus nicht«, sagte sie mit einem vielsagenden Blick zu Meriel und führte ihn auf die sonnendurchflutete Terrasse.

»Nun aber heraus mit der Sprache. Sie sind sicher nicht gekommen, nur um Sine zu sehen«, sagte Meriel, als sie Platz genommen hatten.

Pablo schilderte in knappen Worten seine Erkenntnisse, die er in Wiesbaden gewonnen hatte, von dem Fehlschlag in der Wohnung von Kupka und dem Erfolg in dessen Schrebergarten.

»Das ist großartig! Dann haben wir ihn also«, sagte Sine freudig erregt.

»Wir haben ihn wegen des Mordes in Bockenheim, das ist richtig. Er kommt dafür auf alle Fälle ins Gefängnis. Aber den Mord an ihrem Freund können wir ihm leider nicht nachweisen.«

Sine sprang auf. Sie war völlig außer sich.

»Dann soll der Mord an Amos ungesühnt bleiben?«

»Nein, aber wir müssen neue Beweise sammeln. Wenn es nicht Kupka selbst war, war es vielleicht jemand aus seinem Umfeld.«

»Geben Sie es zu. Sie kommen an Kupka nicht heran. Er wird gedeckt! Seit dem Skandal um den ‚Nationalsozialistischen Untergrund' weiß man doch, welche Rolle der Verfassungsschutz spielt«, empörte sich Meriel. »Und warum soll das hier anders sein. Akten wurden damals vernichtet und Beweismittel zurückgehalten. Die Bundesanwaltschaft hätte längst als Ermittlungsführerin eingreifen müssen – tat sie aber nicht. Sie war seit Jahrzehnten in die V-Leute-Führung involviert. Sie konnte also nicht Teil der Lösung sein.«

»Oder denken Sie doch an Carlo Orpanski, den schwerkriminellen Rechtsextremen, der wegen eines Mordversuchs an einem Nigerianer zu acht Jahren Haft verurteilt wurde«, nahm Sine den Faden von Meriel auf. »Er hatte sich noch in der Haft selbst dem Brandenburger Verfassungsschutz angedient und bereits in der U-Haft die Zusammenarbeit mit dem Verfassungsschutz begonnen. Nach nur zwei Jahren Haft kam er frei. Er hatte das rechtsextreme Netzwerk Blood & Honour aufgebaut und den drei NSU-Mitgliedern Wohnungen, Ausweise, Geld und Waffen besorgt.«

»Nicht zuletzt, wie steht es denn eigentlich um die Glaubwürdigkeit der Zeugen in dieser Kneipe, frage ich Sie, Herr Rubin. Kann man dem rechtsextremen Gesocks Glauben schenken. Die würden doch das Blaue vom Himmel herunterlügen, um ihren Kameraden zu schützen«, sagte Meriel erbost.

Pablo musste sich der Tatsache der Zeugenaussagen beugen, hatte aber Verständnis dafür, dass Sine und Meriel die Glaubwürdigkeit der Zeugen anzweifelten. In allen anderen Punkten waren die beiden Frauen zurecht empört. Er hatte den NSU-Prozess ebenfalls genau verfolgt und war entsetzt über das, was sich da alles hinter den Kulissen, wie auch im Prozesssaal selbst, vor seinen Augen abgespielt hatte. Er konnte nur hoffen, dass die Behörden aus diesem Schlamassel gelernt hatten. Aber sehr zuversichtlich war er nicht, wenn er sich vor Augen hielt, wie dieser Herr Freud mit den Akten umgegangen war.

»Ich bitte Sie jetzt zu gehen«, sagte Sine kühl und Meriel führte ihn zur Tür.

Kapitel 20

Drei Tage später rief Meriel Breitschneider bei Pablo an. Ihre Stimme klang äußerst besorgt und ratlos, als sie ihm berichtete, dass Sine Kühn verschwunden sei. Sie befürchtete das Schlimmste. Sine sei die letzten zwei Tage apathisch im Bett gelegen und nicht ansprechbar gewesen. Heute Morgen sei sie aus dem Haus gegangen und habe gemurmelt, etwas erledigen zu müssen.

»Haben Sie eine Ahnung, was sie damit meinte?«

»Nein, ich weiß nur, dass ihr Kupka die letzten Tage nicht aus dem Kopf ging und sie etwas von einer Pistole gefaselt hat, die sie sich vor einiger Zeit zu ihrer Sicherheit besorgt hatte. Aber ich kam nicht an sie ran. Sie hat sich völlig gegen die Außenwelt abgeriegelt und machte einen sehr deprimierten Eindruck auf mich. Ich wusste, wo die Waffe lag. Ich schaute nach. Sie war weg. Ich weiß nicht, ob sie sie irgendwo anders deponiert hat, oder ob .... Ich wage es gar nicht auszusprechen.«

Pablo schreckte auf.

»Ist sie mit dem Auto weggefahren?«

»Ja.«

»Ich melde mich wieder«, sagte Pablo und legte auf.

Er stürzte zu seinem Auto, schaltete das Blaulicht ein und fuhr mit halsbrecherischer Geschwindigkeit zum Gerhard-Hauptmann-Ring. Seine Gedanken überschlugen sich.

Sie stürzt sich ins Unglück!

Vor dem Haus mit der Nummer achtzehn, was, wie Pablo in der Zwischenzeit gelernt hatte, in der Sprache der Nazis ‚Adolf Hitler' bedeutete, parkte ihr VW Beetle. Pablo stürmte die Treppen hoch. Die Tür war angelehnt. Er lief in die Wohnung. Kupka lag auf dem Bett. Pablo sah sofort, dass er tot war. Er nahm Sine geistesabwesend die Pistole aus der Hand und steckte sie in seine Jackentasche.

»Er war schon tot, als ich ankam«, flüsterte sie hilflos. »Ich habe ihn nicht umgebracht. Ich hatte die Absicht. Ja, vielleicht hätte ich es sogar getan. Ich weiß nicht.«

Pablo nahm sie in die Arme, versuchte den zitternden Körper zu beruhigen und redete besänftigend auf sie ein.

»Es wird sich alles aufklären. Du darfst niemandem sagen, dass du eine Pistole hast«, sagte er und vergaß, dass er per Sie mit ihr war.

Pablo holte die Waffe aus seiner Tasche und untersuchte sie. Es war eine handliche, kleine, für

Handtaschen geeignete FÉG ‚R', Kaliber 7,65 Browning der ungarischen Waffenfabrik Fegyver és Gákészülékgyar. Weiß der Teufel, wie sie an diese eher seltene Handfeuerwaffe gekommen war, ging es Pablo durch den Kopf. Aber das war jetzt nicht wichtig. Wesentlich war einzig und allein, dass aus ihr tatsächlich kein Schuss abgegeben wurde.

Eine tonnenschwere Last, die wie eine Garotte seine Brust eingeschnürt hatte und ihn zu erdrücken drohte, löste sich in ein Nichts auf. Es schien ihm, als ob er schwebte. Er streichelte Sine über den roten Lockenkopf, was sowohl Sine als auch ihn selbst beruhigte. Er taumelte allmählich in die Wirklichkeit von Kupkas Schlafzimmer zurück und ließ seine Verstandeskräfte wieder zu ihrem Recht kommen. In dem Bett, in dem Kupka Ellen Blunt für die widerwärtige Vergewaltigungsszene präpariert hatte, lag nun sein Leichnam. Wer oder was auch immer seinen Tod herbeigeführt haben mag, er glaubte Sine und wollte ihr die weiteren Befragungen von Staatsanwaltschaft und möglicherweise der Presse ersparen.

»Hast du hier im Raum oder sonstwo in der Wohnung etwas angefasst?« fragte er.

»Nein, die Wohnungstür war nur angelehnt. Ich bin direkt ins Wohnzimmer gegangen und als er dort nicht war, in das Schlafzimmer und da lag er, so wie du ihn jetzt siehst ... Schrecklich, zu wissen, zu was ich möglicherweise fähig gewesen wäre. Ich war verzweifelt und glaubte nicht daran, dass Kupka zur Rechenschaft gezogen worden wäre. Und ich dachte daran, falls ein Gericht ihn verurteilt hätte, dass er, wie schon andere V-Leute vor ihm, nach kurzer Zeit wieder freigelassen worden wäre. Es wäre mir unerträglich gewesen, den Mörder von Amos frei herumlaufen zu wissen. Was wäre, wenn ich ihm irgendwo und irgendwann begegnen würde?«

Pablo streichelte ihr immer noch über den Kopf.

»Ich will versuchen, dich hier rauszuhalten.«

»Halt mich fest, Pablo. Ich verliere mich. Ich bin eine potentielle Mörderin. Wer bin ich? Ich weiß nicht mehr, wer ich bin.«

»Jeder Mensch kann töten, wenn er in eine außergewöhnliche psychische oder sonstige Ausnahmesituation getrieben wird und für sich keinen anderen Ausweg sieht, dem Druck, den diese erzeugt, zu entgehen. Es bleiben dann nur noch zwei Alternativen: entweder man tötet sich selbst oder den, der die Situation herbeigeführt hat.«

»Die erste Alternative hatte ich tatsächlich erwogen. Doch dann hat eine innere Stimme zu mir gesprochen: du musst dich wehren, du musst den Mut haben, den zu töten, der den besten Menschen der Welt getötet hat. Es war furchtbar, was ich gewollt habe, ich war wie in Trance, habe mich gefühlt wie ein vorprogrammierter Roboter ...«

Sine brach ab und fing an zu weinen. Pablo spürte ihren bebenden Körper. Er drückte sie noch fester an sich, als könnte er so die Erschütterungen, die in Wellen ihren Leib erzittern ließen, aus der Welt schaffen.

»Ich fahre dich jetzt nach Hause, Sine. Es wird alles gut werden. Ich werde dir helfen.«

Sie schaute ihn mit tränennassen Augen an.

»Du bist Polizist. Ich wollte töten. Wie kannst du mir helfen?«

»Ich bin ein Freund und als solcher bin ich hier. Du kannst mir vertrauen, Sine.«

Sie fühlte sich in seinen Armen seltsam geborgen. Sie schloss die Augen.

Pablo nahm sie bei der Hand und sie ließ sich, gefügig wie ein Kind, aus der Wohnung führen. Er setzte sie in ihren VW und fuhr mit ihr in den Karpfenweg und übergab sie Meriel.

»Passen Sie gut auf sie auf. Lassen Sie sie nicht aus den Augen. Es ist nichts passiert. Beruhigen Sie sie. Ich komme heute Abend nochmal vorbei.«

Er fuhr mit dem Taxi zurück zu Kupkas Wohnung, kontrollierte sie nochmals nach eventuellen

Spuren von Sine und rief bei Imke an, die die Spurensicherung in den Gerhard-Hauptmann-Ring mitbringen sollte.

Erwin Kupka starb, so war die offizielle Erklärung der Staatsanwaltschaft, an einem nicht erkannten Diabetes. Unmittelbare Ursache war eine plötzlich aufgetretene, schockartige Unterzuckerung. Eine merkwürdige Todesursache für einen Mann in den Dreißigern, wie Pablo fand, und er erinnerte sich, dass ein V-Mann mit dem Decknamen Conny, der einmal einer der führenden Kader bei den Freien Kameradschaften und Blood & Honour war, und für seine Spitzeldienste für das Bundesamt für Verfassungsschutz in diesem Milieu mit einer sechsstelligen Summe entlohnt wurde, ebenfalls plötzlich an Diabetes gestorben war. Zufall?

Pablo neigte nicht zu dieser Ansicht und hielt nach seinen Erfahrungen im Innenministerium in der Zwischenzeit alles für möglich. Er musste an die blutleeren Lippen und die kalten, fischigen Augen von Freud denken, als dieser ihm das erste Mal am Konferenztisch gegenübersaß. Er traute ihm zu, falls er in den Coiffeur-Mord verwickelt war und Kupka damals vom LfV gedeckt wurde, vor einem amtlich angeordneten Mord an Kupka nicht zurückzuschrecken, um seine Abteilung vor unangenehmen Enttarnungen zu schützen. War Kupka also aus dem Ruder gelaufen, wie man so harmlos sagte, und nicht mehr kontrollierbar?

Der Fall wurde von Pablo abgezogen, und er war nicht mehr in der Lage, den mysteriösen Tod von Kupka, der von der Staatsanwaltschaft zu einem *unglücklichen Todesfall* degradiert wurde, aufzuklären. Er solle sich, so formulierte es die Staatsanwaltschaft, ganz auf die Aufklärung des Mordes an Alabi konzentrieren. Einen Zusammenhang zwischen den beiden Fällen sähe sie nicht.

Wenigstens war Sine aus dem Schneider, freute sich Pablo, gleichzeitig ärgerte er sich maßlos über die Mauscheleien zwischen Wiesbaden und Frankfurt.

Er fuhr zu ihr, um ihr von der für sie glücklichen Wendung zu berichten. Meriel öffnete ihm.

»Kommen Sie doch herein, wir sitzen gerade auf der Terrasse. Darf ich Ihnen etwas zu trinken anbieten, oder kommen Sie dienstlich?«

»Mein Dienst ist vorbei.«

»Dann also einen Wein? Oder lieber ein kühles Bier?«

»Ein Bier wäre mir recht, danke.«

Meriel führte ihn auf die Terrasse und verzog sich sogleich in die Küche. Sine lag in einem Liegestuhl und blickte gedankenverloren vor sich hin. Als sie ihn bemerkte, stand sie auf und reicht ihm die Hand.

»Pablo, willst du mich jetzt doch verhaften? Ich könnte es verstehen.«

»Nein«, sagte er und lachte sie an.

»Ich habe Meriel alles erzählt. Auch sie war fassungslos über das, was ich vorhatte. Wie leicht kann ein Mensch doch zur Mörderin werden!«

»Nun, ich denke, ganz so leicht ist es nicht, sonst hätten wir ein großes Gemetzel auf der Welt. Aber es ist richtig, es gibt durchaus Motivsituationen, wo man, wie ich schon sagte, zum Mörder oder eben auch zur Mörderin werden könnte und dann wäre es gut, wenn man nichts zur Hand hat, mit dem man die Tat ausführen kann. Woher hast du eigentlich die Waffe?«

»Es war nicht besonders schwer. Ich habe sie im Bahnhofsviertel gekauft. Ich bin nicht gerade arm und wenn man genügend Geld hinblättert, bekommt man dort fast alles.«

»Ich werde sie sicherheitshalber bei mir behalten, damit du nicht noch weitere Dummheiten machst. Einverstanden?«

»Natürlich. Ich will das Ding nie mehr sehen ... Aber setz dich doch bitte. Willst du nicht etwas trinken. Es ist immer noch sehr warm.«

»Danke, deine Freundin holt mir schon etwas.«

Meriel erschien mit dem Bier, schenkte ihm ein und legte sich ebenfalls auf eine Liege.

»Ich möchte dir an dieser Stelle auch nochmals für alles danken, Pablo! Ohne dich wäre ich jetzt nicht hier auf der schönen Terrasse, sondern säße in einer stinkigen Zelle. Ich hatte dir einmal kurz von meinem Vater erzählt, der mir vorlebte, was Verlässlichkeit bedeutet und wie dankbar ich ihm für sein Vertrauen war. Dieses Vertrauen und diese Dankbarkeit empfinde ich nun dir gegenüber, obwohl ich dich kaum kenne«, sagte Sine und gab ihm einen Kuss auf die Wange.

Pablo freute sich über diese Worte und trank einen großen Schluck von seinem Bier.

»Schön, dass du so von mir denkst. Ich hoffe, ich enttäusche dich nicht. Ich bin nicht dein Vater.«

Sine musste lachen. Das erste Mal seit Tagen.

»Ich weiß das. Du bist alles andere als ein Vater für mich, auch wenn du um einiges älter bist als ich.«

»Dann lassen wir das so stehen und ich hoffe, dir den mir gewährten Kredit verlässlich zurückzahlen zu können.«

Pablo wechselte das Thema und klärte Sine über die neuesten Erkenntnisse der Kriminalpolizei im Fall Kupka auf.

»Der Fall ist abgeschlossen«, beendete er seine Ausführungen, »ich habe keine Möglichkeiten mehr herauszufinden, was in der Wohnung von Amos passiert ist. Aber wir Menschen müssen leider mit

Nicht-Wissen leben. Es gehört zu unserer Existenz ebenso wie das im Gehirn und das in der DNA abgelagerte evolutionäre Wissen. Das ist einerseits sehr unbefriedigend, weil alles in der Schwebe bleibt und wir nur aufgrund vager Indizien die Tat beurteilen können und es vorerst in den Sternen steht, wer der Mörder von Amos war. Andererseits haben wir die Genugtuung, dass wenigstens der Mord an dem unschuldigen Marokkaner aufgeklärt ist. Ob aber der Mord an Kupka jemals aufgeklärt werden kann? Ich glaube nicht an solche Zufälle, dass jemand justament in dem Augenblick an Diabetes stirbt, wo er für manche Leute zu einer Gefahr werden könnte. Aber das soll die kritische Presse oder ein Parlamentsausschuss klären. Ich werde das Meine dazu beitragen.«

»Ganz egal, was auch immer geschehen mag, ich werde niemals vergessen können, wovon ich zu diesem Zeitpunkt überzeugt war, tun zu müssen. Es ist wie schleichendes Gift in mein Gehirn gesickert und wird mich auf ewig wie mit einem Klammergriff festhalten, während die Welt um mich herum voranschreitet.«

Pablo sah, wie sie wieder in sich zusammensackte und sich von der Welt ausschloss.

»Es ist nicht gut, sich von einem einzigen Gedanken beherrschen zu lassen. Bleibe beweglich in einer sich wandelnden Welt. Setze dem Fließen etwas Bleibendes entgegen. Bewahre dich im Wandel. Bleibe dir treu. Du musst wieder das Mädchen finden, das du warst. Wenn das zu väterlich, zu belehrend klingt, entschuldige bitte. Ich weiß nicht, wie ich es anders ausdrücken soll.«

Meriel klatschte lautlos in die Hände.

»Sie haben den Nagel auf den Kopf getroffen.« Und zu Sine gewandt sagte sie: »Du musst und wirst wieder zu dir finden und das selbstbewusste und experimentierfreudige Mädchen in dir wiederentdecken. Du wirst da Widerstand leisten, wo du es musst, und dort mit dem Fluss schwimmen, wo du es für richtig hältst. Und wenn du willst, werde ich dich begleiten – so wie früher.«

Als Sine Pablo wenig später zur Tür brachte, deutete sie auf die Urne, die auf dem Kaminsims stand, und sagte ihm, dass sie in ein paar Tagen nach Lagos fliegen werde, um die Urne zu den Eltern von Amos zu bringen. Sie wüsste nicht wie lange sie bleiben werde, aber wenn sie zurückkomme, würde sie sich freuen, ihn wiedersehen zu können. Er nickte und ging lächelnd zu seinem Auto.

Kapitel 21

Nana holte Sine Kühn vom Murtala Mohammed International Airport ab. Sie umarmte und küsste sie wie eine verlorengeglaubte Tochter. Nachdem sie das Gepäck zusammen mit der in einem Karton verpackten Urne abgeholt hatten, fuhr sie in ihre auf Lagos Island gelegene und von einem Palmenhain beschattete Villa am anderen Ende der Stadt. Während der Fahrt erzählte sie von ihrem Mann, der nach dem Tod von Amos nicht wiederzuerkennen war. Er kapselte sich ab, war häufig den ganzen Tag unterwegs und machte lange, einsame Spaziergänge in die Umgebung. Er schwieg, wenn sie ihn auf sein abweisendes Verhalten ansprach. Nana fühlte sich von ihm, der sie früher immer auf Händen getragen hatte, vernachlässigt.

Maduka kam ihnen auf dem Kiesweg, der durch eine kleine Parkanlage zu dem Haus führte, in der traditionellen Kleidung der Yoruba, einem Agbada, entgegen. Das knielange, wallende, gelbe Gewand war kunstvoll bestickt und gab ihm zusammen mit dem verschlossenen Gesichtsausdruck ein würdiges, feierliches Aussehen. Er begrüßte sie freundlich, aber ohne ein Lächeln im Gesicht. Kaum war sie im Haus, fragte er sie nach der Urne. Sine händigte sie ihm aus. Er stellte sie auf einen dafür bereits vorbereiteten Platz auf einer kleinen Anrichte, setzte sich davor und versank in eine Art meditative Versenkung.

Nana führte Sine in ihr Zimmer im ersten Stock und bat sie, nachdem sie sich frisch gemacht hatte, in den Garten, wo sie eine Mahlzeit habe anrichten lassen.

Nana und Sine aßen allein. Maduka hatte keinen Hunger und verharrte wie in Trance vor der Urne.

»Wir werden morgen die Asche in unserem Palmenhain verstreuen, dann wird er sich auch wieder zu uns gesellen. Ich hoffe es wenigstens«, sagte Nana.

Sine ging nach dem langen Flug früh ins Bett.

Am nächsten Morgen marschierte Maduka, die Urne in beiden Händen vor sich herhaltend, wie bei einer Prozession, vorneweg in den Hain. Nana und Sine folgten ihm. Im Schatten der Bäume leerte er das Gefäß. Der Wind erfasste die Asche und die kleine Staubfahne verschwand zwischen den Stämmen der Palmen. Nach dieser Zeremonie gingen sie zurück auf die Veranda. Nana servierte Getränke und Knabbereien und forderte Sine auf, von den neuen Entwicklungen in Frankfurt zu erzählen, da sie hier völlig vom Nachrichtenstrom abgeschnitten seien. Maduka sah geistesabwesend in Richtung des Palmenhains und Sine schien es fast, als ob er gar nicht hörte, was sie sagte.

Als sie erklärte, dass der Vergewaltigungsvorwurf fallengelassen worden war, Amos völlig zu Unrecht des Terrorismus verdächtigt wurde und nichts, aber auch gar nichts mit Boko Haram zu tun hatte, da alle diese Verdächtigungen nur auf einer simplen Namensverwechslung beruhten, geschah etwas Merkwürdiges, Unerwartetes. Während sich Nanas Gesicht aufhellte und sich ein kleines verstecktes Lächeln in ihrem Gesicht zeigte, sprang Maduka plötzlich erregt auf, so dass der Stuhl hinter ihm mit lautem Krachen umstürzte. Er starrte mit irrem Blick auf Sine, als ob er einen Geist gesehen hätte, und lief dann in das Haus, als ob Furien hinter ihm her wären.

Nana und Sine sahen sich verständnislos an.

»Was ist denn nun wieder in ihn gefahren? Ich verstehe meinen Mann nicht mehr. Er ist mir so fremd geworden«, beschwerte sich Nana mit tonloser Stimme bei Sine.

Sine ging zu ihr und nahm ihre Hand.

»Es wird schon wieder. Es ist doch eigentlich eine gute Nachricht, dass Amos unschuldig ist. Oder war er so außer sich, weil Kupka nicht mehr zur Rechenschaft gezogen werden kann?«

Nana zuckte mit den Schultern.

Maduka hatte sich in sein Zimmer eingeschlossen und ließ sich den ganzen Tag nicht mehr blicken. Nana hielt es für das Beste, ihn in Ruhe zu lassen.

In der Nacht hörte sie einen Schuss und schreckte auf. Auch Sine hatte ihn gehört. Beide traten aus ihren Zimmern und begegneten sich im Flur.

»Hast du es auch gehört, Nana?«

»Ja, er kam von irgendwo außerhalb des Hauses. Es ist hier leider nicht ganz ungewöhnlich, dass irgendjemand in der Luft rumballert. Du brauchst keine Angst zu haben. Leg dich ruhig wieder hin. Wir haben genügend aufmerksames Personal, einen Hund und außerdem ist Maduka auch noch da.«

Sine sah die Furcht in den Augen von Nana, die sich zögernd in ihr Zimmer zurückzog. Sie sagte nichts.

Am nächsten Tag erschien Maduka immer noch nicht wieder. Nana klopfte an seine Tür. Er öffnete nicht. Sie drückte die Klinke herunter. Die Tür war unverschlossen. Maduka war nicht im Zimmer. Er wird schon früh aufgestanden sein und einen Spaziergang machen, dachte sie und ging in die Küche, um das Frühstück vorzubereiten.

Schwarze Wolken schoben sich vor die Sonne.

»Es wird regnen heute«, sagte Nana und blinzelte in den Himmel. Die Palmen bogen sich in dem aufkommenden, böigen Wind. Ihr Hund, ihre wichtigste Wärmequelle, seit ihr Sohn gestorben war, legte sich leicht winselnd Nana zu Füßen. Ein einzelner Sonnenstrahl, der durch eine Lücke in dem Wolkengebirge gedrungen war, verlor sich in den vom Wind gepeitschten Palmenblättern.

»Ich denke, wir gehen besser rein, bevor uns der Guss hier draußen erwischt. Maduka wird bei diesem Wetter sicher auch gleich nach Hause kommen.«

Sie hatten sich gerade am Frühstückstisch niedergelassen, als der Gärtner in das Zimmer trat. Er blieb in der Tür stehen und blickte auf den Boden. Nana fragte ihn, was er wolle. Er sagte lange nichts. Dann hob er langsam den Kopf und sagte in die Stille hinein: »Ich glaube, Herr Alabi ist tot.«

Nana erhob sich langsam und sah ihn versteinert an. Sie warf einen Blick zu Sine, die ebenfalls aufgestanden war. Dann starrte sie wieder ihren Hausangestellten an und ging langsam auf ihn zu.

»Was sagst du? Wie kommst du darauf?«

»Er liegt im Hain und rührt sich nicht mehr.«

»Und du lässt ihn da einfach liegen? Er ist vielleicht bewusstlos, verletzt von einem Ast.«

Die Worte, die aus ihrem Mund kamen, waren nichts mehr als ein Hauchen. Sie wankte. Sine musste sie halten. Nana wusste im gleichen Moment, als sie hörte, dass er tot ist, dass dies wahr war. Den Einheimischen war der Tod vertraut, sie konnten Lebende von Toten unterscheiden.

»Führen Sie uns bitte zu der Stelle, wo Sie meinen Mann gefunden haben«, sagte Nana.

Nana ging tastend, auf Sine gestützt, hinter dem Gärtner her.

Maduka lag unter einer Palme, an der Stelle, wo er die Asche seines Sohnes verstreut hatte. Neben seiner rechten Hand lag eine Pistole. Sein Kopf war blutverschmiert, aber man konnte unschwer erkennen, dass er durch einen Schuss getötet worden war. Nana kniete sich neben ihn nieder und streichelte seine Hände, mit denen er sich das Leben selbst genommen hatte, und weinte.

»Er kam über den Tod seines Sohnes nicht hinweg. Ich habe fast so etwas befürchtet. Sein Sohn bedeutete ihm alles. Er war so enttäuscht von ihm, als er vom Nachrichtendienst in Berlin hörte, in was er verwickelt war«, sagte sie schluchzend.

»Aber warum jetzt, da er doch von allen Anschuldigen freigesprochen worden war?« fragte Sine.

Nana zuckte mit den Schultern.

»Ich weiß es nicht. Ich konnte nicht mehr in ihn hineinschauen. Ich habe ihn schon seit einiger Zeit verloren.«

Am Abend kam Nana schwankend mit einem eng beschriebenen Blatt Papier auf Sine zu. Sie war aschfahl. Mit zusammengepresstem Mund und vom vielen Weinen geröteten Augen reichte sie ihr den Zettel mit den Worten: »Lies das, ich habe es in seinem Schreibtisch gefunden.«

Liebste Nana,

ich habe zwei große Lieben in meinem Leben gehabt: das warst Du und Amos. Beide Lieben habe ich getötet. Deine Liebe habe ich vernichtet, indem ich mich selbst töte. Du kannst es Feigheit nennen, dass ich dich alleine zurücklasse. Aber das, was ich gemacht habe, ist nicht auszuhalten. Es tut mir unendlich weh, zu wissen, wie du über mich urteilen wirst, wenn du mich und diesen Brief findest. Ich verlasse dich im Wissen, dir eine von mir selbst zertrümmerte Welt zu hinterlassen. Ich muss aus dem Leben gehen, gerade, weil ich dich so übermenschlich liebe. Du warst für mich immer wie ein Kunstwerk mit einem untrüglichen Sinn für das Maß der Dinge, an dem ich mich orientieren konnte, um das Mögliche auszuloten. Die Möglichkeiten waren ausgeschöpft. Ich wollte das Unmögliche und wendete mich an Gott. Aber auch der Glaube konnte mir nicht mehr helfen. Er ist nichts als eine komplexe Mischung aus Suggestion, Wünschen und Projektion.

Nana, ich habe deinen Sohn, ich habe meinen Sohn, ich habe unsere große Hoffnung getötet. Sine, ich habe deine Liebe, deinen zukünftigen Mann getötet. Ich höre euren Aufschrei und kann euch nicht trösten. Ich höre eure Anklage und bekenne mich schuldig.

Als ich in Berlin von dem Vorwurf der Vergewaltigung hörte und im Internet darüber las, und als mir ein Gewährsmann des Bundesnachrichtendienstes, zu dem ich vollstes Vertrauen hatte, sagte, dass Amos mit an Sicherheit grenzender Wahrscheinlichkeit ein Mitglied von Boko Haram sei und in Deutschland einen Terroranschlag vorbereite, brach für mich eine Welt zusammen. Mein Sohn ein Sympathisant der Leute aus dem Norden Nigerias, die deine Eltern, Nana, bestialisch ermordet hatten! Es war für mich unvorstellbar.

Die Ehre meiner Familie stand auf dem Spiel. Was, wenn er den Anschlag durchführt, was, wenn er vor Gericht kommt und der Fall ausgewalzt wird. All das wird bis nach Nigeria dringen und hier ebenso Schlagzeilen machen wie in Deutschland. Es würde den Ruf meiner Familie zerstören. Ich musste etwas dagegen tun. Es war wie ein Zwang, der alle weiteren Schritte lenkte. Ich flog nach Frankfurt. Als mich der Rechtsanwalt von Amos anrief und mir mitteilte, dass mein Sohn in der Nacht aus der Haft entlassen wird, fuhr ich zu ihm nach Hause. Es war die letzte

Chance, ihn aufsuchen zu können, bevor er endgültig in der U-Haft verschwinden und unerreichbar für mich sein würde. Er öffnete mir. Ich folgte ihm in das Wohnzimmer und ich erschoss ihn, ohne ein einziges Wort mit ihm gewechselt zu haben.

Und dann berichtete Sine, dass mein Sohn zu Unrecht beschuldigt worden war. Es blieb mir keine andere Wahl. Ich hatte meinen Sohn nicht nur grundlos getötet, er war auch ohne jede Schuld.

Ich schreibe das in der Hoffnung, dass ihr ein wenig Verständnis dafür aufbringen könnt, warum ich dich und Sine allein in dieser Welt zurücklassen muss, allein auch mit dem unendlichen Schmerz, den ich euch zugefügt habe.

Ich liebe dich, Nana, auch wenn dieses Bekenntnis deine von mir geschlagenen Wunden nicht heilt.

Bitte versucht, mir zu verzeihen.

Maduka

Das Feuer im offenen Kamin flackerte. Nana nahm Sine den Abschiedsbrief aus der Hand und warf ihn in die Flammen.

»Wir müssen das für uns behalten, sonst wäre auch dieser Tod sinnlos«, sagte sie beschwörend zu Sine. Sie nickte stumm und fassungslos über das, was sie gelesen hatte.

»Kannst du noch bei mir bleiben? Ich kann jetzt nicht alleine sein. Wie soll ein Mensch das verarbeiten, Sine?«

»Ich bleibe gerne. Wir teilen etwas, was uns niemand wird nehmen können. Wir beide haben unsere Liebe gehabt und sie wieder verloren. Das Geschehen ist nicht totzukriegen, aber vielleicht verwächst sich dieser Stachel, wie Granatsplitter von Kriegsteilnehmern im Körper vernarben und ein Teil von ihm werden können.«

»Ich hoffe, du wirst darüber hinwegkommen und ein neues Leben beginnen können. Du bist jung. Ich werde wohl in dieser phantasmagorischen Situation gefangen bleiben wie ein Sträfling auf einer fieberversuchten Insel.«

Wenig später zog sich Sine in ihr Zimmer zurück und schrieb Pablo einen kurzen Brief.

Lieber Pablo,

Maduka Alabi ist unerwartet gestorben. Ich werde deswegen noch einige Zeit bei Nana bleiben. Eigentlich zieht mich auch nichts nach Frankfurt zurück, außer …

Wenn ich wieder in Frankfurt bin, werde ich mich bei dir melden. Wir wissen beide, dass Feigheit und Schweigen bis zum Holocaust führen können. Das sollten wir, nach allem, was geschehen ist, nicht zulassen. Aber nicht nur deswegen würde ich mich freuen, dich wiederzusehen ... Vielleicht könnten wir auch, falls du an einem Wochenende einmal Lust haben solltest, deine Joggingroute vom Main in das Flörsbachtal zu verlegen, dort ein, zwei Tage abseits des Stadttrubels in meinem Häuschen verbringen – und schweigend der Stille des Spessarts lauschen.

Bis dahin, herzliche Grüße

Sine

Danksagung

Herzlich bedanken möchte ich mich bei meiner Frau Ute und meiner Tochter Dinah, die im Vorfeld das Buch gelesen, korrigiert und mit ihren wertvollen Anregungen verbessert haben.

Des Weiteren möchte ich Ingvo Broich für die Durchsicht des Manuskripts danken und auch Chinua Achebe, dem Autor des Buches *‚Alles zerfällt'*, das mir wertvolle Einblicke in Details der Kultur und Tradition Nigerias vermittelt hat, meinen Dank aussprechen.

Der Autor:
Henning Schramm wurde 1944 in Tübingen geboren. Studium der Soziologie und Volkswirtschaft in Mainz, Tübingen und Frankfurt/Main.
Nach dem Examen war er Wissenschaftlicher Mitarbeiter in der Erwachsenenbildung und an der Universität Frankfurt/Main, anschließend arbeitete in der Markt- und Marketingforschung.
Er lebt in Frankfurt/Main und ist seit über zehn Jahren als Schriftsteller tätig.

Weitere Buchveröffentlichungen des Autors:
Recht auf Ineffizienz, Sachbuch 2005.
Innenansichten, Erzählung 2008.
Als der Himmel weinte, Roman 2009.
Paula M., Roman 2012.
Mensch, sei Mensch!, Essays 2012.
Warum nicht die Wahrheit sagen. Olympe de Gouges, Roman 2013.
Der Frauenakt, Novelle 2015.

Mehr Informationen zum Autor und den bisher erschienenen Büchern finden Sie auf seiner Homepage: www.henningschramm.de

Natur und Landschaften entdecken

Frank Uwe Pfuhl

Nidda 3.0

Entdeckungsreise von der Quelle bis zur Mündung

288 Seiten, 275 Farbfotos, 34 Audiodateien, 16,90 €, ISBN 978-3-947012-00-8

Die Nidda ist ein wandelbarer Fluss – langsam mausert sie sich zu einem der attraktivsten Freizeitziele der Region zwischen Vogelsberg und Frankfurt. Durch zahlreiche Renaturierungen in den letzten 20 Jahren sind Biber, Storch und Sumpfschildkröte an den Fluss zurückgekehrt.

Frank Uwe Pfuhl

Die Wetter

Eine Entdeckungsreise an Hessens schönstem Fluss

288 S., ca. 250 Abb, 4-farbig Bilderdruck, 16,90 €, ISBN 978-3-943041-01-9

In seinem Buch nimmt uns der Autor mit auf eine Entdeckungsreise durch Natur und Kultur entlang des Laufes der Wetter. Begeisternde Landschaften, Eisvögel, Kiebitz, Graugänse, Schlösser, Burgen, und Mühlen in malerischen Fachwerk-Orten – die Wetter ist „der schönste Fluss Hessens".